白羽毛
飘舞的
山谷

何美然 / 著

陕西新华出版

太白文艺出版社·西安

图书在版编目（CIP）数据

白羽毛飘舞的山谷／何美然著.--西安：太白文艺出版社，2024.7.-- ISBN 978-7-5513-2637-7

Ⅰ.I227

中国国家版本馆 CIP 数据核字第 2024Y7C645 号

白羽毛飘舞的山谷
BAI YUMAO PIAOWU DE SHANGU

作　　者	何美然
责任编辑	曹　甜
出版发行	太白文艺出版社
经　　销	新华书店
印　　刷	四川科德彩色数码科技有限公司
开　　本	880mm×1230mm　　1/32
字　　数	150 千字
印　　张	9.375
版　　次	2024 年 7 月第 1 版
印　　次	2024 年 7 月第 1 次印刷
书　　号	ISBN 978-7-5513-2637-7
定　　价	68.00 元

如有印装质量问题，可寄出版社印制部调换

联系电话：029-81206800

出版社地址：西安市曲江新区登高路 1388 号（邮编：710061）

营销中心电话：029-87277748　029-87217872

文字背后的痛与美

——何美然诗集《白羽毛飘舞的山谷》序

蒋登科

何美然是诗人雨田兄推荐的一位诗人。我过去与她一点都不熟悉，也几乎没有读过她的作品。通过网络查了一下，何美然是四川平武人，喜欢文学，在一些报刊和网络平台上发表过作品，有散文，也有少量的诗歌。雨田兄对自己的创作一直比较苛刻，不满意的作品肯定不愿意拿出来示人，但他对身边的诗歌爱好者却始终以关爱的心态对待，即使创作水平还不够理想，他也会尽力推介，希望为他们的成长有所助力。

我没有到过平武，但是知道它是绵阳北部的一个县，以山地为主，属于四川盆地到青藏高原的过渡地带。平武是多民族聚居的地方，汉族、藏族、羌族等民族的文化在那里交汇、融合，形成了独特的历史文化传统。曾经有朋友告诉我，到九寨沟，最便捷的方式其实是经过平武，它本身就和九寨沟接壤，只不过我还没有从这条路走过。在 2008 年的汶川大地震中，平武是重灾区之一，我从何美然的一些散文作品中读到了他们在地震中的经历，简直可以用"生死时刻"来形容。人们因此体验了生命的脆弱，也由此对生命多了一份敬畏。

或许正是因为经历过巨大的灾难，何美然才时常以文字的方式记录自己的人生经历、生命思考。或者可以说，因为经历过生死考验，何美然的文字中有着和别人不一样的心态，几乎没有怨气，没有玩世不恭，更多的是对生命的敬畏、对生命的赞美、对生命的珍惜。我读其他人的类似主题时，有时会觉得存在粉饰之嫌，但读何美然的作品，我没有这样的感觉，反而觉得她面对艰难的姿态和在情感、心理上对苦难的超越令人感动。当然，这种感觉是因为对她的经历有所了解之后产生的，我个人并不喜欢那种口号化、说教式的作品。

这本《白羽毛飘舞的山谷》应该是何美然的第一部诗集，收录的可能是她迄今创作的诗歌中的大部分。诗集包括四个部分："报恩寺诗笺""白羽毛飘舞的山谷""群山褶皱间的家园""奔向山海的边缘"。从题材、主题和视野看，这几个部分由小及大，由近及远，抒写了作者的经历、记忆、行旅与思考，这是我至少读了两遍之后获得的基本感受。说实话，刚刚开始阅读书稿的时候，我的阅读感觉并不是很好。作者的语感比较一般化，虽然朴实，但很多作品采用了平铺直叙的表达，很难遇到让人眼前一亮的诗句。诗歌的朴实是一种风格，但平铺直叙就可能有问题了，很容易和散文化的抒写方式混淆在一起。同时，在思维和文本结构上，作者很多时候似乎有一种模式化的思路，一般都是先写外在的物象，再写这些物象引发的感悟和思考。诗歌的体式也比较随意，有的作品句子很长，显得啰唆而缺少打磨，似乎想把自己所思所感都以文字的方式呈现出来，不太注重诗歌文体所具有的艺术特征。

读完之后，再回头翻阅，尤其是在读到了她的一些记录人生经历的散文之后，我对自己最初的看法进行了一些修正。何美然的诗并不完全像它们带给我的第一印象，细细阅读，不少作品还是有诗人的独到发现、独到思考、独到体验的，尤其是她所写的很多题材，是我们不熟悉的，带着她家乡的底蕴，带着她的独特经历，因此可以给我们带来一种文本之外的新奇。

诗集《白羽毛飘舞的山谷》中有一组作品专门写报恩寺，可以看出作者对这座寺庙很熟悉，同时关涉历史与信仰。有些作品主要抓住这座寺庙的外在形态和历史，但也有一些作品将形态、历史和生命的思考融合在一起，产生了特殊的诗意。《雕刻时光的花瓣》具有明显的时间意识，"风的触手轻抚花开的声音/穿越时光的隧道/谁将怒放的花朵点种在报恩寺的台基石上/石头开花　明朝到现在//岁月的雕刻刀划过光滑的石头/生命的花瓣融入石头的肌肤/饥饿的石头绽放梦的花瓣/长翅膀的牡丹　月季菊花是云的姿态　风的样子"，面对石头的花瓣，作者参照周边事物的易逝、易碎、易朽，感叹道："花瓣脱落喊出时间的疼/许多花瓣开在石头上"，在时间的流逝中体验到了一种痛感，使这首诗一下子大气起来、站立起来。信仰很多时候和宗教有关，但不一定都与宗教有关。和生命发展有关的很多因素，尤其是精神性的因素，都可能成为我们的信仰，成为我们思考现实和人生价值的参照。

对我们来说，白马人是神秘的。何美然的诗以文字的方式为我们解密了这群充满传奇的人，让我们感受到生命的坚强、精神的力量、文化的魅力。在《神秘的白马部落》中，我们读到了这个部落的历史与文化、精神与动力："伸手触摸蓝蓝的天/摩天岭朵朵白云飘/一双守望的眼/饱含温情的灵光//时光的波浪逾越故事的苍茫/王朗的熊猫徜徉溪水边/原始森林绚丽的梦想/芬芳东亚最古老的部落……古老难懂的语言世代口传心授/没有文字传承　默默耕耘/穿过烽烟四起的岁月迈向民族迁移/扎根深山穷谷繁衍生息"，正是因为这种内在的活力，作者称这个部落为"人类的活化石"，或许，每个民族、每个人都能够从白马人的身上看到我们的过往。当然，历史、文化、生命是多元的，有坚守也就可能有无奈，有高光也就可能有低谷，就像一年四季的更替、轮回。因此，我们也可以读到作者的悲秋之情："天母湖盛放不下一汪秋愁／一缕软红／埋葬秋的誓言／生命是烟"（《白马红叶醉》）。多种体验、情绪的呈现，才是真正的人生。在其他一些诗篇中，作者写出了白马人的信仰、风俗、生活习惯，以及白马人的英雄、美女，以诗的方式勾勒出了这个人群的历史、现实、性格与强大的内心。他们有信仰，有坚持，不畏艰辛，繁衍生息，拥有一种强大的生命力。

另外两辑可以合并起来审视。"群山褶皱间的家园"是诗人对自己家乡的抒写；"奔向山海的边缘"来自诗人的行走，可以说是扩大了的家园。在这些作品中，儿时记忆、山川草木、鸟兽虫鱼、历史遗迹、现实经历等等，都成为诗人回顾历史、打量现实、思考人生的情感依托。《磨刀河》写道："磨刀河经高村／从头流到脚／装着星星和月亮／装着村庄和村里的儿女"，磨刀河可能是诗人成长的地方，也给了她生命的底色，因此，那里的一切似乎都可以给她提供诗意的启示。《童年的老屋》还是记忆中的样子："红亮亮的辣椒辫子／黄灿灿的玉米垛子／一副对联一对门神／执着地看护家园"，诗人能够在现实之中找到来时之路，可以通过老屋找到自己的从前，老屋自然可以带给她回忆与温暖。《窗外梧桐花开》记录的是诗人的心绪："一串串紫／飘零一隅短春／窗外谷雨呢喃／你是谁的风景／谁明艳了你的梦"，创作这首诗的时候，诗人或许独坐窗前，看着花开，想着心事，一个人进入自己的记忆与梦想中，体验并感叹人生。

茶是何美然最喜欢的意象之一，或许和她的生活习惯有关。她创作了好几首以茶为题材的作品，在诗意发现和诗意呈现上应该是她的诗歌中比较有特色的。我们很熟悉作为物质的"茶"，写茶的诗自然不应该在"茶"的物质层面过多用力，不能在"茶"的表面上下功夫。好的茶诗在写出茶的滋味的同时，应该衍生出更多的人生滋味。《品茗》有这样的诗行："绽放生命的青涩/谁的纤指轻拈嫩芽/一壶滚烫的水/浸泡滋味//一枚茶叶/飘弥惊世的兰香/沉浮煎熬/隔世的味道"，这里的"茶"是"茶"，似乎又不是"茶"，而是借茶抒写了诗人的人生之思、生命之思。"沉浮煎熬"是"茶"之为"茶"的必然命运，其实，人生又何尝不是呢？《茶与水》这样写道："水的冷暖/茶懂得/茶的体香/水知道//世间物象/一杯茶的风光/江南江北/我是茶　谁是水"，这首诗写的可能是爱情，也可能是人与人之间的特殊关系，比如亲情、友情，还可能是对相知相惜的知音的渴盼，或许这些内涵都包含在诗人的感悟之中。多重意味交织在一起，不同的人可以读出自己不同的诗意。何美然对茶的喜爱和抒写，让我想起了诗人张错的《茶的情诗》："如果我是开水/你是茶叶/那么你的香/都必须倚赖我的无味//让你的干枯柔柔的/在我里面展开，舒散//让我的浸润/舒展你的容颜……"借用茶与水的关系，抒写了诗人对爱情的思考，优美的旋律可以使我们在反复的诵读中感受到茶的滋味、人生的滋味、诗美的滋味。

可以看出，何美然的诗并不是都采用了直白的抒写方式，她在努力探索具有诗意的表达。《一枚落叶低诉生命的过往》借用顶针的手法，抒写诗人对生命的思考："晨光融进软软的绿草/绿草点亮一枚猩红的叶子/叶子煮熬岁月的经脉/经脉洞穿轮回里的爱恋//爱恋牵住一根蜘蛛丝/蜘蛛丝紧拽沧桑的经脉/经脉弦断的那一刻脱离叶子/叶子随风卷进绿草//绿草柔柔地拥抱晨光"。"叶子""绿草""晨光"和"落叶"是这首诗的主要意象，由此构成了生命的循环、再生，各种意象之间相互关联、相互制约、相互支撑，再加上顶针手法的应用，形成了一种旋律，而且内在循环和外在旋律交织在一起，让这些普通的意象拥有了艺术上的生机，建构了独特的诗歌之美。

读完这部诗集，我对何美然诗歌的印象发生了一些变化，最初觉得诗味不够浓郁，表达比较简单。随着作品中的现实体验、生命感悟的徐徐展开，我从她的文字中读到了一种疼痛感，这种感觉是构成她的诗歌之美的重要元素，于是我觉得她是一个拥有生命思考和诗意情怀的人，自然也是一个可以写出好诗的人。如果把视野放得更开阔一些，更多地阅读经典作品，不断提升自己对诗歌的理解，何美然一定可以获得更深刻的人生思考，也可以在诗的表达上取得新的进步。

写到这里，我还想表扬一下雨田兄。他在诗艺的感悟与把控上确实有自己的独到之处，他在"阅人"上也有自己的独特眼光，尤其是能够较好地预判写作者的潜力，并由此发现和培养诗歌新人。

谢谢雨田兄的热情推荐，期待何美然写出更多更好的诗篇。

2023 年 9 月 5 日，于重庆之北

蒋登科，四川巴中恩阳人，文学博士，中国作家协会会员，西南大学中国新诗研究所教授、博士生导师，兼任重庆市作家协会副主席、中国诗歌学会常务理事。

目 录
CONTENTS

第一辑　报恩寺诗笺

第二辑　白羽毛飘舞的山谷

第四辑　奔向山海的边缘

跋

第一辑　报恩寺诗笺

报恩寺·颂词

崇山秀水包裹古韵泛香的平武
蟠龙的姿态依北山迎涪江山环水绕
千古龙安　龙山龙水龙千古　穿越历史的围栏
一座深山宫殿点亮龙城镇御边疆

旷世佳构由明初龙州宣抚司土官佥事王玺奉旨修建
崇尚儒学教化　边民祝延圣寿感皇恩
一条中轴南北对称　几座大殿金碧交辉雄伟壮观
钟鸣古寺古柏参天　古朴静雅禅意弥漫

玉宇琼楼　红墙碧瓦　琉璃争耀　翘角飞檐　一座艺术的宫殿
盘龙斗拱　转轮经藏　千手观音　绝世惊艳　风格迥异
楠木建造梁枋檩柱　虫蚁不蛀　蛛网不结　芳香长溢不染尘
泥塑　木雕　石雕　壁画　天花藻井　彰显建筑卓绝　绘画
惊艳　雕塑超然

梵宫龙宫巨龙腾飞　北山舞起瑞雪　涪江荡醉银蛇
三桥水映　凭栏远眺南塔晓月　"天音醒世"一轮旭日东山起
山魂水骨　一座古典禅院香火缭绕普天朝圣
知恩　感恩　报恩　祈国永宁　万古千秋

2022 年 3 月 24 日

雕刻时光的花瓣

风的触手轻抚花开的声音
穿越时光的隧道
谁将怒放的花朵点种在报恩寺的台基石上
石头开花　明朝到现在

岁月的雕刻刀划过光滑的石头
生命的花瓣融入石头的肌肤
饥饿的石头绽放梦的花瓣
长翅膀的牡丹　月季　菊花是云的姿态　风的样子

风的爪子伸出时光的剪刀　剪掉岁月
一些花瓣撑不起时光的苦熬
现实的枝干在剑雪风刀中静悄悄地枯干
风化的姿颜映现风的花瓣

风的花瓣雕刻时光
花开的心事碎碎地扎上青苔的记忆
今世的模样揉碎梦
梦知时光的味道

花瓣脱落喊出时间的疼
许多花瓣开在石头上

2021 年 12 月 28 日

读碑记

你们平躺在这里　像打了败仗的残兵伤将
我穿行在一排排残碑中　像是在寻宗觅祖
这不是一般的墓碑　这是一个朝代的缩影
是一部家族兴衰史
这些残缺的石碑在五百多年的风雨中
经历了一个又一个多灾多难的岁月　你们本该
坚硬地挺立在虎踞龙盘的山野
高高竖起　"大明开国旧功臣"的丰碑

平躺的墓碑　铺展在报恩寺一隅　和报恩寺的神默言不语
"敕封宣武将军薛公志昇之墓"　金色的大字
伴着清风撞响梵铃　声音悠远
我胆战地站在这些墓碑面前　墓碑上的每朵石花
和仙女　都在对我微笑　刀刻的碑文雄奇伟岸
刀刀见锋芒　透过刀锋　隐藏着边塞的刀光剑影
"攀龙战策安边塞"　谁能想象出你们原初的模样

"风云功业尽忠荣""汗马功劳定国都""世袭高官继古贤"
穿越碑文　我看见石碑背后的辉煌与沧桑
土司世袭的历史仿佛活在残缺的碑文中
这些平躺的残碑在提醒我

谁都是尘世的过客　　当我也老了　　消失在人间
和落叶躺在一起　　而你们应该依然经历风雨
骨头　花一样静默地开在时光中　　见证着历史

2021 年 12 月 31 日

二经幢

空阔的广场中央
二幢凌云
梦的枝头是两盏灯
点亮招摇的广场

明灭的记忆拉深
《陀罗尼经》阴刻进石头
藏汉文燃烧坚毅的火苗
颤颤地照亮幢身人影

石头光滑了时光
经文紧裹结痂的刀痕
"唵大佛顶尊胜陀罗尼幢"
扑闪理想撑起峰峦

镂空的彩云山缠水环
烟雾萦绕里星斗灿烂
高擎的两盏灯生死缠绵
望穿的眼瞭亮禅境

2020 年 7 月 30 日

狻猊

两尊石雕瑞兽
狮非狮　立蹲山门前
左雄右雌　祈愿守望的模样
顾盼传情间捏软了时光

谁将此兽唤狻猊
神话中的神兽
龙生九子
民间传说中的第五子

喜烟火　喜静坐
雄踞山门　静听落花
静观历代香客焚香祈福
青烟袅娜里纷繁的背影

缄默不语　地老天荒

2020 年 7 月 24 日

九龙匾

山门高悬一方匾
"敕修报恩寺"
五个金色大字
铺陈岁月

红底金字筑梦
庙堂于胸
楠木雕琢一段历史
浅香潜流

姻亲结缘
明代杨升庵题匾
蜀中第一匾
清不染尘

九条龙吞云破雾
盘旋金色大字
透过匾额
庙肃禅静

一方大匾悬千年

2020 年 8 月 13 日

三桥石洞

视线拽着过往
三座石拱桥连接尘缘
此岸是红尘
彼岸是佛门

谁的手轻抚石栏杆
时光刀雕刻岁月围栏
山川云雨燃烧云缠梦幻的境
亭台花鸟盛满火焰

一双眼痴望平静的池面
一双手翻阅历史的画卷
殿宇楼阁浮影
波心悬挂一钩软月

迷茫的紫薇瓣瓣津珠
旋舞清澈的池水
红鱼戏花　香落层层
谁的羽毛和花瓣缠绵

石拱桥倒影

谁止步　谁凭栏
谁度谁　谁又在自度
谁的身影遮掩了轮回的沧桑

2020 年 8 月 2 日

路过金水桥

五百多年后　我才来到王玺修建的报恩寺
踏进山门　古朴雅致的金水桥应该是王玺赏月赏花的地方
"天音醒世"　金色大字点亮钟楼一隅
暖阳中的禅静与唯美让我沉醉
"天音醒世"倒悬在水中　摇晃着　闪耀着

我斜倚石栏杆　水中倒影清晰着　也清醒着
飞檐　梵铃　琉璃瓦筒　金黄的紫荆树梢
石栏杆上的牡丹荷花图案　在水中绽放　燃烧
我伸手抓不住这梦幻的景致　水中的禅意

几尾红鱼游过来　一只乌龟爬出来
一世孤独的乌龟守望着红鱼　我知道
它们活不过报恩寺和报恩寺的古柏
乌龟会为红鱼的死悲伤吗　我
只是从这里路过而已　我知道
脚下的金水桥会成为见证

穿过金水桥　站在天王殿前　我回过头来

看山门外　透过朱红大门　广场中央的石经幢
坚硬地耸立　俯视着这滚滚红尘和车来人往

2021 年 11 月 13 日

长相守

一池水割开岁月
年轮悄悄绽开
一只龟静观尘缘
水是生命的过往

石栏杆绽放梦的花瓣
梦的影子割深
水的围栏是龟的港湾
鱼的姿态分不清谁是过客

一双守望的眼　一世孤单
长相守的风景是梦
梦知心的味道　谁冷谁暖
灵魂长上梦的翅膀托着梦奔跑

生命是池中的风景
凄美　透着永恒的慈悲

2021 年 12 月 4 日

钟楼晓音

瓣瓣紫薇轻叩琉璃筒瓦
钟的声音唤醒山水
一双守望的眼点亮一方横匾
"天音醒世"紫薇醉

古朴穿越龙安山河的苍劲
北山的骨　涪江的魂
深省晨昏脱尘脱俗

晨钟暮鼓拉深尘缘
钟声涤荡王玺父子的山水恩
王氏父子的功德载进铭文
一种善根源远流长

花绽花落伴蒲牢
钟的声音悠远
光振龙山龙水　山高水长

2020 年 7 月 26 日

范公井

一弯月割开井口
一棵玉兰凭栏守望
一双醉眼望穿井底
人面须眉瞭亮一幕清影

一口老井悄悄绽开年轮
粗糙的麻绳悄悄打捞
一眼井将谁喂养
谁是寺中凿井人

南京御史范辂谪贬龙州
慷慨解囊凿井一口
井的深浅　水知道
"范公遗爱"　情一杯

打捞　最鲜的那一缕阳光
饮一滴水　山软水颤
花落井沿　拈花
谁在井里　谁在水面笑

人远　井深

井中悬月

阴晴圆缺洗亮浮生

岁月浮在水中

天光云影井底那姿颜

2020 年 7 月 21 日

木雕千手观音

一棵千年的金丝楠木
雕刻自己　也雕刻岁月
一片巨大的圆叶
叶子长出千手千眼

一朵金菊怒放的模样
生命的光焰里古韵泛香
雕刻时光　也雕刻工匠精神
善良慈悲正直智慧圆满

一千零四只手扇形密布
一千零四只眼长手心
悬空的姿态不遮不掩
千手千眼　左生右　右生左　无量广大

高大柔媚的千手观音
披一身轻纱　璎珞垂地
一头四面　头戴宝冠
两只大手高举无量光佛

双手合十　双足赤　佛门法器盈手

莲花　净瓶　宝镜　日　月
听一片叶落　闻一朵花开
花开花落　静观尘缘

香烛明灭间抽签　祈福
求平安　求健康　无量功德
千处有求千处应
消灾　增益　敬爱　降伏

一千只手
护持一切众生
一千只眼
遍观世间疾苦

一盏悬空的灯闪耀光焰
一尊智慧的菩萨点亮大悲殿
普度众生的观音不争香火
稳立莲座　无我

佛前花香
大悲无言

2020 年 7 月 15 日

香山壁记

穿越大悲殿神秘的粉墙
香山壁记是一部精美立体的连环画
墙壁铺展绝艳的章节　细节鲜活沧桑的故事
古韵泛香柔软故事的前世今生

软软的光线泡软岁月的围栏
流淌着千手观音穿越山水从人到神的传说
慈悲的天堂深刻仙山琼阁普天朝圣的记忆
苦难与善根穿越斑驳的河流和苍茫的峰巅

一组壁塑洗净尘世的贪嗔与邪恶
一双眼凝视平静的墙面　一双手翻阅历史的画卷
那些手　那些眼　那些思想或禅语　唤醒谁的神经沉醉
自由的思想与虔诚的信念历经苦难　从荆棘林辟出修为的
大道

谁的足迹划过沧桑的壁记
谁将雕刻刀深插山水与人物的生命内核
谁将灵魂糅进壁记流淌的时间深处
谁在疼与爱　谁在祈愿守望　谁又在传承与保护

香山壁记闪耀的光芒唤醒谁　谁度谁　谁又在自度　谁无我
谁又无私

2021 年 11 月 28 日

泥塑

在大悲殿
四根木柱上塑泥雕
悬塑善财童子和龙女
一左一右侍奉千手观音

童男童女浮彩云
双手合十神采飞
面向观音
一直在笑

善财童子视财宝如粪土
拜五十三位名师求法修行
观音教化成佛
现童子身成观音的左胁侍

龙女八岁善根慧根通达
法华会上拿宝珠献给佛祖
立地成佛只笑不言
现童女身成观音的右胁侍

童男童女助观音普度众生

善恶一念间

万物皆空

一盏灯点亮修为的路

2020 年 7 月 18 日

转轮藏

一座七层木塔建筑嘹亮华严殿

一部明初木刻《华严经》

一盏石香炉浮雕唐三藏西天取经的故事

四根大柱泥塑蟠龙欲飞九天

一座罕见的八角建筑模型

纯楠木雕刻绘画

藏轴　藏针　梁枋　巧艺夺天工

藏经　供佛　飞舞的书橱

一部《大藏经》皇帝御赐

一部部经典拉深岁月

明代版　清代版　民国版　古色泛余香

一口金丝楠木箱典藏经卷

佛法是旋转的车轮

推动转轮藏也是修行

信仰最初的模样

佛度有缘人

谁是佛身谁是塑

2020 年 7 月 29 日

御碑亭

山风撞出叮叮当当的声音
循声　飞檐展翅
檐角悬挂铎铃
一帘禅境弥

幽深曲径　古柏参天
大雄宝殿后阁之前
两座琉璃碑亭
重檐八角南北守望

穿越厚重的石碑
谁将这巨大的石碑竖立
神仙指路　鲁班传经
堆土竖碑　神龟驮碑

垒土　堆成斜坡
横竖圆木数根
绳索拴牢巨碑　边堆边拉边填
闪烁的智慧耸立天地间

南碑篆刻"万乘皇恩"

北碑镌刻"九重天命"
"即是土官不为例
准他这遭"

明英宗皇帝的圣旨
深深地刻进云墨石
一道朴实的光在闪耀
王玺的功德和御碑亭一起千秋

2020 年 8 月 9 日

梵铃

谁的声音悠扬
飞禽的翅膀掠过
风的样子
来自西天佛国

神奇的梵铃
喇叭花的姿态
轻歇飞檐翼角
缠缠绵绵悠远清亮

似有似无间似调琴
穿越柔软的山风
水波的纹路熬煮阳光
飘弥殿宇楼阁

上摆下摆晃动风中
铜铸的梦恍若尘缘
风叶撞击铃身
心醉梦迷

叮叮当当的声音环绕殿堂

惊鸟飞　禅度的影子
你惊醒谁的梦
你装饰了谁的风景

2020 年 8 月 10 日

登万佛阁

登临万佛阁
离天很近
一幕白云驾着禅悟的思想
飞向蓝天

天蓝峰顶处　风动云飘
倚天的檐宇是一阙宋词
冲霄的古柏是一隅唐韵
穿越　千年是梦

云绕风缠　山翠水环
一弯月映现谁出世入梦的禅心
观其形　观其静　观其动　观其色
禅云　禅语　禅行　禅思

花开花落梵铃依然
岁月深处有暗香
雁过无痕　心净无我
佛一直在笑

谁在摆渡

宝阁冲霄乾坤玄
一盏灯悬在空中
儒释道破译生命取舍

2021 年 12 月 9 日

壁画

万佛阁的三面粉墙
壁画
铺展金碧辉煌的章节
佛传故事古朴素雅

年代久远的壁画
藏画艺术和氏族风格糅合
金线描的手法
沥粉贴金完好如初

穿越柔软的山水
情态肃穆的帝王君主
端庄美丽的天神玉女
流云仙气弥漫

纤指拨古琴
高山流水净无尘
流淌着礼佛的虔诚
浮荡明朝那些美好愿景

坚硬的墙壁

闪烁智慧的灵光
满墙的《礼佛图》唤醒谁
谁又支撑着壁画的不朽

2020 年 8 月 12 日

石香炉

一尊香炉灿烂梦里梦外
一个模样一晃几百年
一种坚毅雕刻梦里江山
一件精美的石雕器具

沐浴刀山火海
底层到顶层
八层六曲重叠如柱状
层层雕刻梦的姿态

一层层展开柔软的时光
细腻的梦在飞翔
曲形花瓣托着牡丹奔跑
一团祥云缭绕天宫楼阁

韵指拨开尘封的时光
围栏戏台十二乐伎瞭亮谁
弹奏　阅卷　对弈　铺宣
拴住了谁的梦

谁在天上　谁在人间

箜篌起　吹笙　击鼓　拍镲
今生来世的弹唱
淹没了谁的视线

俯视烟火的眼
静观尘缘
明灭一炷香
焚烧过往

一缕香烟飘弥万佛阁
一把刀雕刻生命的盛宴
一尊香炉传承精湛的技艺
一种文化贯穿历史和未来

2020 年 8 月 5 日

木雕木鱼

一根原木镂空雕琢
一圆形木质鱼状器物
一种法器
一种乐器

一段木鱼传说在民间
一种鱼日夜不合眼
一木棍敲击木鱼
一种警醒

唐僧师徒西天取经
白马驮经卷
流沙河风浪大作
一大鱼吞食经卷

僧徒跃身捕捉大鱼上岸
用木棍敲击鱼背
敲一次念一次偈语
鱼吐一卷经书

一盏灯燃亮大雄宝殿

焚香　坐禅
击鱼
雨落的声音

静听心声　禅心佛言
祝延圣寿　报答皇恩
一心向善
常醒不眠

2020 年 7 月 19 日

一扇门

一扇隔世的门
站立流淌的时光
一把斑斑驳驳的青铜锁
锁住了风华

一只惊艳绝世的眼
望穿红尘的那滴清露
浅笑的半片唇
吻化供奉佛前的酥油花

站在重复经年风霜的门
等待一把钥匙
悄然打开故事章节的那一刻
一朵莲在梵唱

2016 年 7 月 2 日

第二辑 白羽毛飘舞的山谷

白羽毛飘舞的山谷

1

大年初五初六
水墨般的白马山谷
雪花随白羽毛飘舞
风刀割脸

神山肃穆风雪中
经棚外的木柱
悬挂新鲜的羊头　羊皮
猩红的神秘是年的味道

2

白该①净手　焚香　念经
和面做祭品

青稞面捏成均匀的圆锥体
拿印模"帕瑟"往上复制

做成各路神仙和十二生肖

削篾条　树枝　彩纸扎"霞道"②　剪纸活

3

寨子里的男女老少身着盛装
花枝招展地赶赴寨坝
一束柏香枝　一盒纸钱　一些咂酒
栅栏上插着缠红丝带的常青树枝
篝火燃旺一种盛况

白该戴"五佛冠"③　披红袍
盘腿坐在经棚里的牦牛皮上
摊开经卷　手握铜铃
经书旁放着咂酒　青稞　荞麦　一碗羊血
羊皮鼓悬空的姿态是神的模样

白该念一阵经敲一下羊皮鼓　摇动摇铃
一部长篇史诗在羊皮鼓的吞吐中庄严叙事
白该的诵经是夺补河的水　源远流长
古老难懂的经文是不解之谜
优美的韵律是白马人对自然的自诉

戴白毡帽插白羽毛穿裹裹裙的老人
神一样坐在白该身边抽兰花烟、喝咂酒
扎花腰带的小女孩跑进经棚
一双清澈无邪的眼看着这神秘的世界
是天使降临　清不染尘

一锅羊肉在水里翻腾时间的流逝
汤肉飘香弥漫山神恩宠的山寨
诵经是王朗雪山雪水融化的声音
语言符咒诉说白马部族的前世今生
意念符咒是通往神灵的一条小道

4

歌声嘹亮雪飘的篝火
盛装的白马人手拉手
圆圆舞队越拉越大
白毡帽簇动　白羽毛摇曳　百褶裙炫舞

花腰带招摇古朴的铜钱串
洁白的鱼骨牌项链颤颤地闪耀
耳朵上的挂坠　坎肩上的绣花是杜鹃绽放
大眼睛　长睫毛　深眼窝　高鼻梁

星星是海子在篝火旁跳跃、闪烁
同一个山寨　同一首歌　同一支舞蹈
同一颗心抵达神的彼岸
神自由自在地唱跳山水间

5

白该翻过最后一页经书

羊皮鼓点燃铜锣

曹盖④反穿羊皮袄　打裹腿　手执牦牛尾

跳蹦跳蹦冲出木楼

凶神恶煞嚯嚯地吼叫

劈掌　挥臂　蹬腿　蹲腾跳跃

舞步威猛是黑熊老虎下山

灵魂跳跃篝火的沸点

精灵附身舞蹈生命的享受

锣鼓暴响　火枪齐鸣划过墨染的夜

山神沸腾一锅羊肉的狂欢

神山　曹盖　男女老少煮熬一场盛宴

6

初六清早雪还在飘

曹盖开始逐户拜年

几个曹盖嚯呜嚯呜地蹦跳来

张牙舞爪地舞蹈

乒乒乓乓地敲板壁　捅楼板

挥舞牦牛尾巴翻箱倒柜

一脚踢翻神物铁三脚

围着火塘边跳边撵鬼驱邪

主人点燃鞭炮端出咂酒⑤
曹盖和男女老少围坐火塘喝酒说笑
火苗点亮神柜前的十二生肖剪纸
映亮窗花　映红朴实的脸

7

白该给曹盖喂过糌粑鸡
咣咣的锣鼓荡漾夺补河
砰砰的火枪畅醉厄里寨
白该端起糌粑妖魔走向神山

曹盖叮叮咚咚地挥舞拂尘
白毡帽白羽毛举着旗幡奔跑
五颜六色的人群手拿常青树枝
载歌载舞向神山潮涌

活的神羊⑥　剪好的纸符　"霞道"
一碗羊血和羊肝　羊心　羊肾
通灵山神护佑白马人新的一年
风调雨顺　五谷丰登　六畜兴旺　平安健康

山神像神山上裸露的崖石清醒着
静默风雪静听白马人的祷辞
白毡帽白羽毛百褶裙手拉手
在神山下围成大圆圈跳圆圆舞

雪花舞蹈在山谷的每一个角落
白羽毛飘舞山谷的每一个角落
古老的歌　古老的舞蹈　古老的拜山仪式
神的画卷瞭亮雪飘的山谷

2021 年 2 月 26 日

注：

①白该：白该是白马人中的神职人员，是白马人自然宗教中的祭师。白该是白马语的音译，相当于"端公"。

②霞道：霞道指用彩纸做成人的模样的纸活，用来祭祀白马山神。

③五佛冠：五佛冠是指将上有手绘佛像的五片树叶状厚纸片，用细绳连在一起，缠在白毡帽上制成的一种饰品。

④曹盖：曹盖是一种面具，原木雕刻成，重约一二十斤不等。木质黝黑，獠牙鼓眼，面目狰狞。诗中指戴着面具的人，象征神灵。

⑤咂酒：白马人的一种古法酿酒。

⑥神羊：祭祀山神用来放生的羊。

神秘的白马部落

伸手触摸蓝蓝的天
摩天岭朵朵白云飘
一双守望的眼
饱含温情的灵光

时光的波浪逾越故事的苍茫
王朗的熊猫徜徉溪水边
原始森林绚丽的梦想
芬芳东亚最古老的部落

古老罕见的 D 型 Y 染色体
隐藏人类迁徙的秘密
五万年前从非洲颠沛流离辗转东亚
一个神秘的古老部族

古老难懂的语言世代口传心授
没有文字传承　默默耕耘
穿过烽烟四起的岁月迈向民族迁移
扎根深山穷谷繁衍生息

夺补河的歌声千年传唱

飘荡的白羽毛纵情舞蹈

花腰带拴着梦想驰骋山水间

白马人在童话世界中从苦难走向兴旺

勇士的白袍激荡不屈与悲壮生生不息

姑娘的百褶裙舞蹈杜鹃花情歌嘹亮

咂酒的醇香弥漫白马山寨

狂欢的猫猫舞跳动日月轮回的沧桑

一个神秘的古老部落

人类的活化石　白马人

2017 年 2 月 5 日

白毡帽

盘形花瓣
绽放荷叶边的白毡帽
倒扣在白马人头上的白瓷盘

毡帽上插着白鸡翎
云的样子
忽闪撑起蓝天翅羽

白羽毛飘荡在秀水山间
一支羽毛一个动人的故事在流传
男士插一支英武潇洒　女士插两三支妩媚娇艳

洁白的向往畅享神秘的白马部落
一顶精美的白毡帽手工擀制
一种纯粹的民族饰品

一种风景瞭亮青山绿水
一顶白毡帽一个民族的象征
一支白羽毛撑起一个民族的信仰

2021 年 2 月 2 日

捻线

一支麻线锤
坠着麻线转
拉深白马女人岁月的前额

一双手轻抚时光的线团
一捻　线锤陀螺转
再捻　水托山在颤

捻长的线缠缠绵绵
一条柔软的线
穿引白马女人的一生

线锤提在手里
火麻搭在肩上
羊毛团在胸箭

走路捻　串门访邻捻　火塘烤火捻
一团团线长着翅羽
飞翔见缝插针的时光

白马女人一手拽麻线

一头扎进生活的日常
种麻　捻线　织布　缝衣

一支麻线锤
坠驼白马女人的脊背
一双手撑起家的一片天

2021 年 1 月 27 日

织花腰带

一条厚厚的羊毛花腰带
跨过连衣百褶裙
束住绰约的腰肢
山巅水软里百褶裙随风舞
七彩的几何纹样在流淌

如花朵绽放的白马姑娘
坐在木楼的走廊上
一手拿梭　一手数线
云的姿态　风的样子
铺展千丝情万缕线的梦境

梭子在彩线里飞舞
姑娘在梭子上舞蹈
纤指柔情地律动
拉紧黑白和红橙黄绿青蓝紫
梦境的章节是大自然的色彩

花的韶颜　飞禽的羽毛
抽象成三角形　菱形　方形的几何图案
柔软的光线下

织进星星的灿烂和月亮的娇艳
舞蹈的彩线镶嵌质朴的民族情结

一根铜钱串闪亮人面鱼身
一条花腰带铺开心上一条路

2021 年 1 月 25 日

雕曹盖

雕刻者对着一根原木在歌唱
雕刻面具雕刻神器也雕刻神
雕刻原生态的美雕刻神圣的虔敬

砍树　烘干　焚香　念经
女人不能触摸选定的木材
雕刻者不能沾染女人

雕刻者对着曹盖抒情怀
黝黑　獠牙鼓面　狰狞的模样
黑熊　老虎的力量镇邪　劈魔　祭祀山神

雕刻曹盖　雕刻白马人的古朴
雕刻神性　雕刻人性
雕刻信仰的厚重与亘古不变

2021 年 2 月 21 日

一串鱼骨牌项链

这是全世界最美的一串
最珍奇　最温情的一串
最耀眼　最神秘的一串
亮闪闪的　朴实的　最珠光宝气
古老、洁白的鱼骨牌项链

江南　江北
哪一个城市　哪一个海边
这雕刻着时光的鱼骨　海贝
经历了怎样的艰辛
生长在深山老林

精打细磨成纹理精美的白马妇女
抹胸上一串鱼骨牌项链
一串据说可以辟邪镇怪的鱼骨牌项链
是母亲传承下来的　一代又一代
沾一些体温和血缘

锃亮　珍贵
谁是谁的母亲

谁又是谁的女儿
鱼骨牌项链知道

2021 年 1 月 18 日

咂酒

鼓涨的大麦　青稞
蒸煮一锅精美的向往
咂酒罐淳朴
流淌食粮的奢望

酒的声音渗透山寨
细作的酒曲草、药料发酵
酝酿一罐咂酒启封
酒罐里浮荡大麦、青稞的清香

一根通花木管插入连糟的酒罐
你咂　我咂　他咂
抱起一罐酒的前世今生
一罐佳酿缠绵

醉眼望穿大麦　青稞的姿颜
一根通花木管含口细品
吸尽　再加一些热水
温情的酒汁烘沸嘴唇

哂酒的声音涤荡
你我沉醉在里面

2021 年 1 月 21 日

神的舞蹈

漫天的雪花舞蹈白马山寨
凛冽的寒风渲染水墨印花
熊熊篝火点燃正月初五的盛大祭祀
背水姑娘在雄鸡啼晓的那一刻
抢回水神恩赐的新年第一桶"新水"①
唱着水歌屋里屋外祭祖净身烧茶
祈水的心愿福佑吉祥安康延年益寿
男女老少鲜艳妖娆的节日盛装璀璨山寨

一簇簇柏香枝叶挂满花花绿绿的纸幡
牵系家家户户最美的祈愿
一团团青稞面在雕刻图案的印版上滚动
抽象简约的十二生肖和各路鬼神齐聚一堂
五颜六色的剪纸山神和毛人供奉神坛
牛皮鼓铿锵悠扬
白该在一张牦牛皮上摊开厚厚的经卷
密密麻麻的苯教文字飘散浓茶的音符
庄严宏大的叙事在高亢的鼓点中升华
白该的念唱身陷悲悯的故事神灵附体

新鲜的羊头悬挂山门

一张羊皮诉说白马人对山神的膜拜
一碗鲜红的羊血、羊肾、羊肺、羊肝
敲锣打鼓呈现给神圣的山神叶西纳蒙②
各家各户的生老病死祈福山神护佑
是非恩怨疑难案件依靠山神"神判"
将灾难像野狗一样撵走
让幸福跟牛羊马群回家
咕嘟咕嘟的羊肉汤热浪翻滚香雾飘弥
等待每一个人享受山神赐予的全部福祉

热辣辣的火焰映红山寨
白马姑娘脖子上的海马牙珠链随火苗舞蹈
胸前的鱼骨牌项链熠熠生辉　人丁兴旺
绚烂多彩的百褶裙随着欢快的舞步飞扬
漂亮的坎肩闪亮的围腰布和歌声一起飘
腰系铜钱串打着动人的节拍　腰缠万贯
手织羊毛花腰带装饰五彩几何图案
针针线线缝补　白马人祖先翻过多少山
跨过多少江　穿过多少森林　越过多少平原

一顶顶蝉皮帽是绽放的雪莲花
荷叶边镶嵌珠贝插上摇曳的白鸡翎
勇敢刚直的男人拉着纯洁温柔的女人
围着篝火跳起圆圆舞
月亮探出云缝　星星眨巴眼睛
低沉雄浑的颤音是古歌无休止的合唱

神秘庄严的歌词在难懂的语言中驰骋
诙谐粗犷的舞步跋涉历史的长河
感天动地的故事是一部长篇史诗

火枪齐鸣　烟花绚烂山寨的黎明
反穿羊皮袄的曹盖凶猛可怖冲向篝火
手持大刀踏着鼓点和夺补河一起回旋跳跃
刀刀舞在排山倒海的锣鼓声中狂舞
白该的牛角嘹亮山寨的那一刻
寨民手持柏香枝迎着风雪走向神山
祭山的队伍载歌载舞一路播撒祈愿的种子
拜山　拜水　拜树　人神共舞
凛然肃杀的曹盖舞步威猛　大起大落
一条火龙蜿蜒在深山峡谷
一场盛大的祭祀感动山神

曹盖"嗬嗬嗬"挨家挨户驱邪避灾
火神燃旺火塘等候曹盖畅饮美酒
甜蜜的蜂蜜酒千杯不醉
动听的祝酒歌情深似海
推杯换盏　对酒当歌

2017 年 2 月 5 日

注：

①新水：新年钟声敲响的第一桶水，白马人在夺补河背回的

第一桶水。

　　②叶西纳蒙：白马语的音译，相当于汉语的"白马老爷"，山神的意思。

白马雄鹰

古老的白马寨扎根深山峡谷抚摸太阳
二牛抬杆的原始农耕刀耕火种
背脚客往返在通往汉藏的茶马古道
走栈道　爬溜索　过独木桥
打杆子拐爬子在危崖绝壁上探出一条白马路

威猛勇武的杨汝攀藤附葛
在背脚生涯中学会了穿汉服说汉话
身经百战的杨汝成为白马寨的番官
一代枭雄的杨汝在乱世中摸爬滚打
杨汝是白马人心目中的松赞干布

新中国成立后千年不变的白马天翻地覆
一字不识的白马青年
一批批送往西南民族学院
一件开天辟地的大事
成为现代白马的奠基石

1951 年参加少数民族参观团到北京
北京的太阳暖暖地照耀杨汝亮堂堂的心
白马人会说话就会唱歌　会走路就会跳舞

杨汝在联欢晚会上用白马语即兴编唱祝酒歌
来到首都北京就是见到自己的母亲
杨汝原生态的歌声回荡在人民大会堂
毡帽上的白羽毛在人群中闪耀

2017 年 2 月 5 日

白马尼苏

白马山寨燃烧绿色的火焰
格桑花绽开鲜艳的花瓣
苹果脸杏仁眼的尼苏是仙女下凡
洁白的荷叶边毡帽是天边的雪山
脚下的湖水倒映百年不遇的韶颜

白马美女尼苏勤劳能干是党的好干部
1964 年赴京参加人民大会堂的国庆观礼
白马第一美女奇异的服饰和摇曳的白羽毛
《光辉的节日》记录着尼苏的无上荣光

热情好客的尼苏坐在火苗燃烧的火塘旁
小木板搁在膝盖上擀酸菜荞根面
坨坨肉火烧馍从火塘里散发幽香
尼苏端起咂酒唱着酒歌敬远方的客人
闪闪发亮的大银耳环点亮美丽白皙的脸
毛主席画像在幽暗的杉板房老屋泛着光芒

2017 年 2 月 5 日

白羽毛飘飘

沉睡千年的白马湖像一块斑斓的翡翠
风的触手梳理古老幽深的湖面
白马寨铺上绿色的地毯直达蓝天
小河边荞麦花儿开　朵朵白云慢慢飘过来
嫩草牵着一匹老马的唇畅享夺补河的情歌

飘落残叶的秋挽留不住半山红叶半山雪
竹篱编织的扒昔加寨拉深岁月的犁铧
飞速发展的科技撬开遗世独立的山寨大门
一个原生态的封闭世界一跃跨越千年
坚不可摧的民族文化正在发生蜕变

原始森林在近半个世纪的砍伐中消失
伐木场的刀锯血淋淋地割在白马人心坎上
奔流不息的夺补河滋养电站截流进山洞
龟裂干涸的河床梦幻激流勇进的涛声
杉木板三层楼的古寨子消失在搬迁的路上

一座座汉藏结合的新寨子雕梁画栋
曹盖面具悬挂门楣白毡帽戴在房顶
白马风情旅游风生水起白羽毛飘飘

咂酒喝起来　　酒歌唱起来　　洋芋糍粑炒酸菜
篝火阵阵人们跳着猫猫舞把快乐传天外

古老的山寨向世界敞开胸怀
二牛抬杠的老犁铧等待谁的耕耘
谁来手捻羊毛在梭子间编织花腰带
谁能耐得寂寞雕刻千年的古老图腾
念诵古藏文经书的白马白该是谁
擀毡帽的精湛绝活谁来传承

千年的族内通婚瓦解在外出打工的路上
民族服饰的缝制和濒危的白马语言
在科技高速发展的激流中死撑
白羽毛飘飘摇曳古老传说
花腰带吟唱佳话瞭亮白马美女
古老的山寨向世界敞开胸怀
传承鱼骨项链的你是谁

2017 年 2 月 6 日

山神

1

山神啊　白马老爷①
最近日子过得有点紧
才来山里讨点生活
山神　白马老爷

您是大山的主宰
野兽是您的臣民
求您发发慈悲
把您多余的给我们一点

我们来给您杀鸡
鸡血　鸡心　鸡肝　鸡爪敬献您

2

翻了一山又一山
几天几夜不见一根鹿毛
山神啊　白马老爷
乞求您显灵

各位猎神
请来帮个忙
稿史寨子的猎神②色曰阿快来帮个忙
牙汝寨子的猎神阿尼约汝快来帮个忙

白马十七寨的各位猎神
请你们把林中的野兽都赶到这儿来

3

山神啊　白马老爷
猎狗已蹿进了山林
猎狗啊　你快快跑
不要让野物的气味在你鼻子前面消失

猎狗啊　你快快跑
不要让野物的脚印在你眼睛前面丢掉
山神啊　白马老爷
不要让猛兽伤到我们的猎狗

猎狗啊　你鼻子灵　眼睛好
紧紧跟上快快跑

4

翻了一山又一山

住岩窝　吃野菜　喝山泉
几天几夜不见一根鹿毛
山神啊　白马老爷

感谢您今天显灵光
让我们捕获了一头小野猪
请您明天让我们捕获一头大野猪
野猪的头　心脏和腿都是您和猎狗的

5

山神啊　白马老爷
我们现在日子好过了
我们给野生动物让出了家园
弩箭、猎枪、绳套都上交了

白马老爷啊
您是大山的主宰
野兽是您的臣民
请您莫要让野猪来吃庄稼

请您莫要让黑熊来吃蜂巢里的蜜糖
我们来给您宰羊了
羊头　羊血　羊心　羊肝敬献您
新酿的蜂蜜酒敬献您

山神　不是神话

山神　是白马人的信仰

2020 年 12 月 30 日

注：

①白马老爷：白马老爷是白马人心目中特别崇敬的山神。白马老爷是白马十八寨的总山神，其余各寨又有自己的山神。白马老爷是汉族的称呼，白马人称其为"叶西纳蒙"。

②白马十七寨的猎神：白马人崇拜猎神，猎神是各寨祖先中的狩猎英雄。传说白马十八个寨子，除了帕西加寨没有猎神，其余各寨都有猎神。

乌鸦嘴

漆黑的乌鸦
漆黑的嘴
漆黑的眼睛
在白马神山前
看头戴五佛冠的
白该念经

乌鸦站在神树上
白马人长长的队伍
一起祭祀山神
他们的祷辞和歌声
是神的语言
融入神山圣水

树上的乌鸦盘旋着
开始争抢祭品
白马人深信
乌鸦是神的代表
那是神在借乌鸦的嘴
享受祭品

争抢的祭品越多神越高兴
越是吉祥的兆头
粮食播种或成熟丰收
漆黑的乌鸦
漆黑的眼睛
漆黑的嘴

死盯着庄稼
白马人扎草人吓唬乌鸦
他们确信
乌鸦不是神
神只是借乌鸦的嘴吃东西
一些乌鸦跑了

神的乌鸦是白马人的信仰

2021 年 1 月 5 日

山寨醉

月色千年
沉醉　木楼老样
浓郁的醇香
轻撩舌尖

悠远的酒歌
拨动月的琴弦
一碗月色
荡醉　一罐佳酿

凝脂的松花蜜
熬一锅盛开的绯红
生花　蜡渣　泡子翻卷山水
搅拌　打捞黏稠的韵语

和清冽的山泉水
掺精酿的青稞酒做引
吸明丽的阳光
和清爽的山风

泥土密封罐口

饱蘸黏稠的期待
一钩软月撬开酒罐
飘香的山寨灌醉白马人家

一杯琥珀清亮
杯里浮荡迷人的松花
玉露的清凉
透过香醇的杯盏

甜蜜的汁液低语缠绵
月色沉醉久远的温香
蜜非蜜　酒非酒
酒映月影　清月一杯

一首《蜂蜜酒歌》①
嘹亮木楼　泡软山寨
一杯酒山花尽染
白马山寨醉

2021 年 1 月 19 日

注：

①《蜂蜜酒歌》：白马人喝蜂蜜酒时唱的歌。歌词大意是："蜂蜜酒的大门打开啰，香甜的好时光莫错过，四方的亲朋寻着香味来了，欢欢喜喜唱个蜂蜜酒的歌……"

抽兰花烟的白马老人

八十六岁的她
坐在木楼前的石阶上
抽出插进棉褂的长烟杆
在贴身的衣兜里
掏出一个手织麻布烟荷包
风轻云淡地打开
拈一小撮兰花烟叶
将金黄金黄的细丝
轻轻按进白铜烟锅
火柴划亮　云雾缭绕
轻轻一吸　就像是吸着夺补河的水
品味日月　滋味悠长
烟锅在石阶上轻磕
抖落过往的梦境
石板上一躺　天蓝水绿

这个厮守岁月的白马老人
又抠出一些烟叶按进烟锅
长声悠悠地唱起《烟袋歌》①
"铁头烟袋是小伙子用的
白铜烟袋是姑娘用的

木头烟袋是老年人用的
蒿草秆烟袋是放羊娃用的……"
她唱完歌笑眯眯地说
"以前白马普遍种兰花烟
现在都不种了
兰花烟叶稀缺得很
我到'那边'去了后
就把长烟杆插在坟头上"

然后又猛地咂了几口
就像是要吸尽这白马山色
脸上是山的断层水的皱褶
吐出的烟圈缭绕百褶裙
插在白毡帽上的白羽毛随风摇曳
她坐在烟圈中
淡定如山水
吸着骨头一样的长烟袋
就像是把自己也要吸进去
燃烧成灰烬　浑然天然

2020 年 12 月 28 日

注：

①《烟袋歌》：白马人抽烟时唱的歌曲，白马人不论男女都抽自种的兰花烟。

白马红叶醉

烟染红叶
彩林争宠
吮吸白露的叶子
等待霜降

耀眼的红
激情焚亮秋的烈焰
幻影沉醉天母湖
窖藏深情一坛

白马路的风
吹散燃烧的幻梦
哭泣的叶子
悲愁的泪水滴

天母湖盛放不下一汪秋愁
一缕软红
埋葬秋的誓言
生命是烟

2017 年 10 月 29 日

一支羽毛

隔不住山水的阻挡
拉近穿云的距离

一支羽毛的飞翔
天上人间

噙着一生的你
天哭了

百合新语粉红的梦

2016 年 6 月 23 日

野花提着一盏盏灯笼

野花提着一盏盏灯笼
从石缝中生长出恬静
一串串　欢笑着　摇曳着
荒寂的山野把你搂在怀中

白嫩嫩的肌肤点亮寒冬
极轻极细极柔的绒毛
掩盖不住内心的激动
无拘无束地在旷野撒娇

跳动的风轻吻花的蕊
你频频地摇头　颤颤地逃离
空中飞起一丝丝雪花般的绒毛
淡淡的影子在脚下渐渐消失

摘万花丛中最美的一朵
遥寄远方
高擎一盏淡白的灯笼
映照自由

满山遍野绽放鸽子花

2018 年 1 月 28 日

山里的芍药都开在黄羊关

山里的芍药都开在黄羊关
它们铺天盖地从晨曦中醒来
在阳光中会见每一位亲人和远道而来的客人

这里有被芍药花簇拥的村庄和院落
茂盛的树林子笼罩着房舍和篱栅
炊烟缭绕一半是烟火一半是天堂
背水姑娘采撷花的韶颜装饰春天

铮亮的犁铧播种春的愿景
犁地的山歌拉深岁月嘹亮黄羊河
土司的巡游逝远

怀抱土琵琶的白马人站在青山包裹的田坎
拨动的琴弦是花开的声音
古歌悠远诉说杨姓人家迁移的历史
跋山涉水从文县的铁楼和白马路奔来
落地生根仿佛是这沸腾的芍药

一群鸟飞向青翠的树林子
仿佛要把整个林子、整个村庄

和村庄里遗落的白羽毛、花腰带全部叫醒
带向芍药花开的春天

2021 年 6 月 6 日

春天迟到黄羊关

谷雨泡软山水
清明一段
一座桥连接彼岸
柔肠寸断的水流向远方

这边芍药仙子妩媚
那边菜花灿烂
一半是山盟
一半是烟火

山花拉成彩练
鸽子花孕育绽放
一半醉生梦死
一半梦语呢喃

黄羊关越千年
谁来打开关隘的锁链
思春的水封不住
梦境释放黄羊关的春天

2017 年 4 月 21 日

山水影

涪江源深隐
一江山缠绵
山隐影
水随形

山翠水澈云洁
湖边水畔倒映山的姿颜
山荡水颤撑起云峰
静水深流

月栖林稍
鸟语山空
月隐月现山依然
一缕花香入梦

梦横陈山水
炊烟吹弯天堂人家
丽潭映现谁的守望
晶亮的眼

一滴挂在枝梢

一滴悬在月上
月斜水映
涪水问源

2020 年 8 月 15 日

怀抱陶罐的女人

怀抱陶罐的女人
凭栏依窗　痴眼眺望
花绽叶颤　一帘柔情

一杯青山绿水
一袭红袖舞春光
一手海棠落

一院蔷薇开
一段段的片段
抚琴拈花　暗香盈袖

怀抱　陶罐　女人
怀抱温暖　女人如花
陶罐种满灿烂阳光

2018 年 5 月 14 日

放牧磨子坪

星月高悬
白雪点亮逶迤的峰
青草游牧
牧歌吹醒磨子坪的杜鹃

粉嫩的山涧
杜鹃花链接白云的身段
牦牛畅享悬露的草甸
老马的唇轻嗅炫舞的花瓣

搀扶的手攀缘梦幻
山泉的心灵
清澈的蓝
山歌放亮幽谷

搭一架遮风避雨的草棚
煮一壶风花雪月的水
野菜飘香淡盐
喂养生命的过往

诗境沉醉山水

谁在磨子坪放牧灵魂
涪源问道
回归

2019 年 7 月 26 日

一场雪焯耀杜鹃天堂

一场雪柔软地覆盖五月的磨子坪
丰盈杜鹃花开的天堂
粉艳的花海镶嵌一层嫩白
半遮面的那娇羞

粉嘟嘟的唇荡开
吸吮温软的雪
蕊瓣沁雪绽放
舞蹈的雪虚掩漫天的花瓣

花的吟唱雪中悬露
一袭白　一点红
水绕云遮心隐
粉嫩的梦境焯耀杜鹃天堂

2019 年 7 月 8 日

虎牙红叶

虎口拔牙的虎牙
红叶飘零
残红　丢魂落魄

迷失　望尽
一线天光
心慌气短

往年风光已逝
梦中相逢　菩萨引路
朝圣的虔诚

危崖坠　葬送一世痴情
缘去难留
清秋冷

谷深溪清　恩怨情仇
埋　一场碎梦
空

2017 年 11 月 6 日

磨子坪的红月亮

云霓眷恋苍茫的雪峰
夜色裹不住妖艳的杜鹃
杜鹃的天堂升起一轮红月亮
婉约今夜的磨子坪

两棵沧桑的杜鹃树静默守望
痴情的花瓣挂满枝梢
红月亮挂在两棵树上

红颜在天幕
一张古琴的月晕
群星拨动琴弦
惊醒天宇一帘幽梦

睡醒的粉蝶
悬挂枝梢与风月缠绵
牧人赶着马群　也赶着红月亮
花瓣踩开一床夜色

月上树梢　人在仙境

2017 年 5 月 19 日

沉醉在磨子坪的晨曦里

朝霞染红雪山
伸开双臂晨曦柔灿
杜鹃花披上霓裳
启明星悬在天边

杜鹃树下　鸟语缠绵
苍茫的草甸　起伏连绵
赶牦牛　骑骏马　悠闲的牧草
青松迎风　将红尘的心事挂上枝梢

窝棚温馨昨夜的梦
窗口生长开满鲜花的树
树上挂着一弯嫩月
从容　静美　不管迎送

山泉的声音涤荡天堂
鹿耳韭葱绿成一碗野菜汤
山泉煮茶　温暖是烟
浸泡冷暖　过滤沉淀

远离雾霾　喧嚣　诱惑

远离纷繁琐碎　觅寻　深悟　净化
绝壁上探出一条路是勇敢的心
风光攀着灵魂飞翔

2017 年 5 月 20 日

杜鹃天堂

怀揣杜鹃天堂的梦想
攀缘虎牙磨子坪
撕扯思念
攀缘隔世的梦幻

雪山隐匿坚硬的峰峦
重山包裹鼓涨的山水
环山四面
云霓环绕缠缠绵绵的殿堂

暖阳惊醒啼血的杜鹃
一片片织造锦缎
醉眼望穿
漫山雾血染烟霞

耀眼的杜鹃
雨露的唇
粉嘟嘟吸合
奇芳绝艳绽放

笑颜粉红

点燃天堂锦瑟流年

冉冉断魂处

繁艳柔软山涧

2017 年 5 月 18 日

第三辑

群山褶皱间的家园

平武蓝

水洗微尘
尘埃在泪滴里沉浮
空山
心雨

饱满的泪滴
泡软花的姿颜
随风随雨
踏花影在路上

玻璃杯的天空一片蓝
绽放一幅山水
路是一条绳索
把河流　街道　村庄穿起来

牵着绳索的一端
在山水之间踏云而行
白云的模样拴住青山
青山在水里行走

水洗蓝天

漂染绿水青山

洗亮薄薄的尘缘

尘归尘　路归路

2020 年 5 月 9 日

鸽子花点亮羌乡

一根火柴划亮
这闪耀
点亮羌乡儿女的精神家园

洁白的花瓣
撑开翅膀的光环
飞翔在林涛绿海

一双双明澈的眼
打开灵魂的窗
鸽语呢喃纯洁蓝天

放飞的鸽子相互照耀
燃烧的焰火点亮尘缘
生命的光焰在舞蹈

轻叩鸽子花铺陈的春天
携一片璀璨纯净农耕家园
花香弥漫羌乡那一隅天

2021 年 4 月 28 日

磨刀河

磨刀河经高村
从头流到脚
装着星星和月亮
装着村庄和村里的儿女

一条小小的河流
磨刀　插秧　割麦　劈柴
擦亮缭绕的烟火
洗净村庄　洗亮大地的眼睛
环绕翠竹田园农舍自由奔腾

明澈的水　律韵悠远
一条小小的河流
将和谐和文明深扎进泥土
音符跳跃的磨刀河与乡村振兴一起律动
古老的磨刀河喂养着蓬勃生长的新农村

2020 年 11 月 19 日

一枚落叶低诉生命的过往

晨光融进软软的绿草
绿草点亮一枚猩红的叶子
叶子煮熬岁月的经脉
经脉洞穿轮回里的爱恋

爱恋牵住一根蜘蛛丝
蜘蛛丝紧拽沧桑的经脉
经脉弦断的那一刻脱离叶子
叶子随风卷进绿草

绿草柔柔地拥抱晨光

2018 年 1 月 30 日

羊尾巴上的火把

山的断层
水的皱褶
山环水绕密封江油关
控扼阴平古道的咽喉

隔江
凤翅山亮翼
旧州明月峡
飞禽掠不过峰

墨染的夜
魏将邓艾赶着一群羊
羊尾巴捆绑火把
点火把的羊群遍山跑

上山下山一群山
凤翅山灯笼火把燃遍
大军天降
杀声震天　通宵闹腾

守将马邈惶惶然

弃关投降
夫人李氏含恨投江
关破　蜀汉亡

涪水汤汤
滚滚浪花东逝
青山依旧
关在　碑残　人远

故事一直在民间流传
传奇的历史如烟
古关重建
民安

2020 年 5 月 11 日

穿越江油关那块残碑

一眼深井
叮当泉水响千年
一块残碑
岁月深处留暗香

叮当泉　坡坎地畔
一眼井打捞一段历史
一块残碑将故事唤醒
三国那个故事千年

魏将邓艾偷渡阴平
妙计奇袭江油关
蜀汉守将马邈弃关投降
夫人李氏竭力劝告马邈守关

邓艾破关
李氏含恨投江
涪江水吞噬了李氏的生命
李氏的忠义激活了那个叫"落河盖"的地名

"落河盖"千年不改

忠义的李氏复活在一块碑文里
"汉守将马邈忠义妻李氏故里"
一种精神深深刻进石头

过往路人见"马邈忠义"
狠狠地用拐扒子戳"忠"字
"忠"字戳成一个深陷的坑
残碑一块迎风饮露

山翠水澈听泉醉月
"忠"字的深浅碑知道
一眼泉的甘甜井知道
岁月深处有暗香

2020 年 7 月 13 日

山河断

天塌地陷的那一刻
龙门山河断
山崩水怒的那一刻
楼坍屋塌烟尘漫

蜀汉江油关桥倾路断
乱石飞溅
泥沙漫卷土崩瓦解
滚滚落

凤翅折　牛心碎
风卷落叶纷纷飘
涪水哭号明月渡
血染废墟

生灵埋　地下冷
狂奔　泣血　救援
刨挖　抗争
希望在指尖滑落

人间地狱

2018 年 3 月 25 日

关上旌旗

灵山秀水包裹古镇的风韵
千年的蜀汉江油关穿过"5·12"的震殇
灾后重建的号角吹奏不倒的民族脊梁
援建规划的蓝图点燃梦幻的家园

废墟上站起的灾民撸起袖子加油干
单薄的身板撑起坚硬的人生
重建家园的信心描绘美好明天
打造宜居宜业宜游的韵步唤醒梦的向往

回顾雄关险道烽烟飘过风口浪尖
邓艾翻越摩天岭走阴平小道奇袭江油关
马邈弃关投降平息一段刀光剑影的风光
群山环抱涪水中流的雄关守不住倾覆家园

蜀汉江油关逶迤千年
地壳咆哮的那一刻
山河改颜　山崩崖断
旌旗哭号　云飞浪卷

滚滚涪水越过劫难到重建

河北同胞的大爱融进援建的山水
重建政策糅进灾民生活的底层
蜀汉江油关从悲壮走向豪迈

展望涅槃重生的江油关
群山沉醉　水映南坝
千年古镇　升平歌舞
连心广场鼓角争鸣催动旅游的发展

徜徉唐山大道　清风明月
漫步玉虚观　明月渡　叮当泉　牛心山　梦回蜀国
一座连心桥飞架江油关
这山这水浇灌赖以生存的民生

雄关如铁见证燕赵情
蜀汉江油关　冀川新南坝
笙歌绕梦　旌旗招展
穿越山水奔赴前程

望关内关外
挺起的脊梁是民族魂

2017 年 12 月 12 日

一只拖鞋

一只拖鞋抓住最后一线希望
拖着无助的生命
仓皇逃遁
加快这熟悉楼道的心跳

摇摇欲坠的楼道
竖起耳朵
聆听地壳的愤怒
充满变数

断砖残壁　烟尘弥漫
惊恐悲怆的楼道
黑暗悠长

撕心裂肺的那一刻
另一只拖鞋
丢到今世的那边

2017 年 12 月 10 日

牛心山李龙迁祠

一真人跨青牛
行至中峰
平地隆起
状如牛心

一座圆头山稳坐江油关
独立不倚
万山环绕
古渡清风松柏劲

南朝风云涌
江油关紧锁南北咽喉
枕山临水
梁武帝派李龙迁守关

龙迁陇西成纪人
割据称王江油关
守关筑城
万山深处民风古朴

龙迁既殁

葬于江油关南侧平坝里

半夜 牛叫不止

晨起 平地高耸牛心状的奇山

地带灵山

牛心山的龙脉风水

民间流传逸闻轶事

李唐皇陵牛心山

太宗派钦差扫墓祭祖

改李古人庙为"观"

则天称制

斩断牛心山李唐龙脉

挖断西岗

岗断泉涌

水流成血

祸起

安史之乱

明皇避乱剑门

高人指点

将御衣送龙州接龙脉

西岗凿断处

增土填坟

山如牛叫

战乱平

江山重回李唐
一座山牵动大唐
王朝兴衰
李唐数百年国脉攸关

江山易代
山依然
自然灾难
山改颜

"5·12"汶川地震
江油关山崩地陷
牛心山庙毁墙塌
两棵古柏俯视尘缘

牛心山稳坐
庙宇灾后重建
残碑犹在
月悬牛心

焚香　诵经
拜土祖菩萨李龙迁
香火不断
古柏擎天

2020 年 5 月 17 日

活着

同事到我家来拉家常
我们谈到了双方的父母
都上年纪了　各种疾病缠身
谈到了生养我们的村庄

我们那儿的"夹皮沟"
现在莫几家人住了
全队只有十一二个人常住
听姐夫说张大爷死了
八十多岁的人
一个人在家
摔倒在猪圈门前
隔壁罗大爷第二天才发现
送县医院治疗无效

我对姐夫说
你是队上最年轻的
要么每天打个电话
要么排个轮流值班表
每天派人去转一圈
看看都还活着没

顺便拉拉家常
亲近邻里关系
一个人守着大院子
与星星月亮做伴
说话都是和猪啊狗啊鸡的
也够孤单

同事说他们队上
前些天也死了一个女的
一个人在家
死了四五天都没人晓得
才卖了四五万块钱的猪
他们那面山坡
只有三户人家了
其他两户都只是一个人
她父母"5·12"地震后重建的房子
在去年的"7·11"洪灾中
泥石流　地质滑坡　房基下沉
千辛万苦修好的房子
还不到十年又要搬迁
七十多岁的人了
新房花了一年多时间
才刚刚修好
准备搬迁了

同事笑着说
每次下大雨或者地震

父亲都要给这两家打电话
李老头每次都在电话那端说
"还活着呢!"

2019 年 12 月 17 日

地上的星星

整夜狂吠的黄狗
吵醒了我和爷爷奶奶
爷爷提着马灯说
野猪又下山糟蹋玉米了
他带着黄狗消失在幽蓝的夜色里

好多星星
在头顶闪耀
明亮的　暗淡的　大的　小的
排列有序的　无序的

一颗从头顶迅速划过
是流星　无言
地上好多星星
身上也好多星星
我赶紧装进奶奶的被窝

清早醒来
问奶奶星星都去哪儿了
奶奶笑着说
落进茅草林里去了

奶奶一不小心也掉进茅草林后
我才明白
我们都是地上的星星

2021 年 8 月 2 日

童年的老屋

红亮亮的辣椒辫子
黄灿灿的玉米垛子
一副对联一对门神
执着地看护家园

炊烟缭绕回家的盼
火烧馍是奶奶的味道
一群鸡一条狗房前屋后的花草
老黄楝树的守望是老屋永远的风景

伸手触摸柔软的天
踩着高跷抓萤火虫
却抓不回爷爷奶奶爽朗的笑
梦魂牵绕的童年

一隅短春惊醒断肠的梦

2016 年 3 月 6 日

雪天里

拉开窗帘
山顶上　白茫茫一片
山腰下　浅薄的一层
南桥上　有行人路过

看着窗外的雪
想起了童年的雪
那时的雪好大
过冬是雪窖
孩子是雪地的疯鸟
打雪仗　摔跤　撒野　堆雪人
现在的孩子
下雪了躲在家里玩游戏

窗外的雪花漂白我孤独的童年
一面山坡　一户人家　爷孙三人
我和爷爷会在院坝堆一个高高的雪人
给雪人戴上草帽　系上围巾
红辣椒安上嘴巴
雪人是我的伙伴

常扫开一片空地
撒下金黄的玉米　麦麸
竹筛捉猪食鸟
绳子远远地牵着
拉下　筛子下面一二十只
活蹦乱跳　叽叽喳喳的鸟儿
又将它们放回雪地
冻僵了小手
跑去让爷爷吹两口热气　搓搓
再去玩着重复的游戏

有时　我会背着奶奶
玉米面用水拌成团粒
撒在地上
那些鸟儿来吃
藏在风车后面的我
看鸟儿们欢快地啄食

奶奶一看见下雪了就发愁
嘴里说着　又下雪了
牛羊莫草吃　菜也弄不回
水带子冻了
要去担水吃
然后　她就房前院后地扫雪
扫一条通往水井的路
担水做饭　煮猪食　喂牛
圈里的牛羊看着奶奶的影子

老是哞哞　咩咩地叫
一下雪　奶奶的事就多起来
做起事来也蹑手蹑脚　战战兢兢

这些年　雪愈来愈少
爷爷奶奶
也都到了"那边"
那一面山坡荆棘丛生
奶奶扫雪的院子杂草疯长
井水也干涸
干涸得像我这颗心
盼着一场雪落下

雪落下来　窗外
大地　村庄　河流
纷纷扬扬　净洁这尘世

推开窗　捧一朵雪花
这雪花是爷爷奶奶的味道
尘缘的那边也下雪了吗
这洁白冰凉的风致

2019 年 12 月 13 日

清明祭祖

清明纷纷　雨过天晴
手捧鲜花　怀揣思念
沿着敬祖的心情一直前行
翻过一道道山又一道道山
蹚过一条条沟又一条条沟
循着记忆深处的羊肠小道
走进更深的山更密的林
再翻过那道山梁梁就是我的老家

回家的路上依然盛开着羊角花儿
野海棠也还在老地方招摇地怒放
山核桃絮儿得意地挂满了枝头
百花都在这个时节燃放着清明的味道

老家山岗的丛林里
静躺着几座孤坟
山茶花和七里香绚丽地簇拥在坟前
红树藤缠绵了坟前的那棵青松
鸟儿也忙着为我的到来唱着欢歌
寂寞的蜂儿总是在我的身前身后舞蹈

小时候
爷爷带我来坟前给先辈飘纸上香
那棵柏树可以做证
现在啊
坟前又多了爷爷奶奶的合墓坟
那棵柏树见证着他们不老的恋情

阳光温情包裹的小山包上
除了几座孤坟静谧地守候
还有荒芜的老屋
破旧的风车和几根烂板凳
执着地看守家园
残垣断壁和那些旧瓦片
迎着雨露和阳光

蜘蛛恋旧的情网
拉扯着沾满尘埃的陶瓷酒罐
这酒罐曾经是我和爷爷
给南来北往的客人
温过香醇的美酒
还有奶奶淳朴的一桌好菜
飘散的香气洋溢小屋
老黄狗和小黑猫也总是在这时来凑热闹

攀上旧梯子
楼板上还放着那口奶奶用了一辈子的破木箱
那时我总是好奇地想打开看看奶奶藏着的宝贝

现在我还是好奇地想知道里面藏着的秘密
童年的故事
像院墙里的春草疯长
野蜂在家门前筑巢
爷爷的百药园已是杂草丛生
那没死的连翘和芍药还骄傲地开着花儿
枣皮和杜仲也迎着春光吐着枝条儿

曾经的花坛早已野草杂生
牡丹都不知道哪儿去了
露珠也忘了再来滋润憔悴的兰草
只有那棵长满年轮的老黄楝树
总有那么多讲也讲不完的温情故事
一首老歌把我的缅怀之情拉得悠长悠长
一种情结活跃每一个细胞
甚至血液　深入骨髓

2015 年 4 月 5 日

滴答

一场春雨漫不经心地下
透明的液体流进血管
万物在春天寻找生命的出口
亲人的眼泪滴答

一只小鸟躺在地上
背书包的小男孩俯下身
肉嘟嘟的小手
抚摸小鸟的体温
捡起地上的一片树叶
盖在小鸟的头上
树叶缓缓掉一地

熟透的女贞子从冬青树上掉下
滴答　我粉色的衣袖晕染成水墨画
蜡梅花从枝头飘落
留白留香
柳姑娘羞答答地吐出舌头
樱花浅笑

虚无中渗透的妙语

是妈妈的嘱咐

一眨眼　是一个轮回

月白了妈妈的年华

2019 年 3 月 1 日

梨花醉

昨夜的相思泪
梨花的心跳
母亲在村子里
守望梨花

梨花不语
落在母亲的头发上
母亲的皱纹
相遇梨花

三月雪飘
梨花一地
梳理母亲的白发
怨春

2017 年 7 月 10 日

棉领甲

母亲给我打电话说
她又有两件棉领甲快做好了

这大半年　母亲除了买菜做饭
操持一家人的一日三餐
大把的时间都花在了做棉领甲
几个女儿女婿的　孙儿孙女的　曾孙儿的
做完一家四代的又忙着给亲戚朋友做
给她小学同学做　也给我公婆做

每次给她说　给自己和父亲也做一件新的
她都是说还有　还没穿烂
她老是叮嘱我不要把给我的再送人
她不是小气吝啬　是怕我冻着了　总是说
别嫌棉领甲厚　暖背心
背心暖和了就不会着凉咳嗽

母亲毫不忌讳地说到死亡
说她死了后　就没人给我们做棉领甲了
多做几件放那里
以前的日子　再穷

也要给孩子做件棉领甲过冬

母亲坐在窗前
戴着老花镜　飞针走线
夕阳映着她发亮的白发　慈祥的脸
映着她暖和的身子和手上的花布
这样的情景　还会有多少
我无法不心酸
如果每多缝出一件棉领甲
能让母亲耳聪目明　长命百岁
我愿意让母亲永远辛苦地缝下去
妈妈　看上去很专注　很深情
细密的针脚深远绵长
母亲　她是知道的
针脚带走了岁月

2021 年 8 月 4 日

鱼醉梦乡

梨花含烟新芽萌生
鱼游春水轻展旖旎梦乡
律动的春水
长出春天的翅膀

桃花斜风鱼醉梦乡
梦里梦外
春水里浅游的鱼
长出春天的羽毛

2017 年 3 月 21 日

望梅

漫山遍野的白梅花
是满天的繁星闪烁
如烟似霞的浩渺朦胧
情迷一片梅海仙境

素洁淡雅的姿态
风姿绰约成温婉的少女
朱唇含情凝露
含羞开启蕊瓣的笑脸

蜂儿轻吻花的蕊
仰天颤笑
相思鸟独倚俏枝
苦诉寂寞的心事

望梅止渴
诉说千年的故事
踏雪寻梅
赶赴一场绚烂花事

纤指弄柔枝

千娇百媚一回眸
素手嗅花蕾
柔肠百结费思量

清风拂疏影
销魂的花瓣曼舞
清芬暗送十里梅香
清丽脱俗邂逅一世情缘

双手合十
许我一生虔诚
思量你百世后的情结
携一树的梅

2016 年 2 月 11 日

梅殇

凄迷的烟云弥漫
涉入这片梦魂牵绕的梅林
飘零瓣瓣春
病恹恹的样子

力不从心的梅瓣
忍受过寒冬
悄悄滑落枝头
晶亮的珠泪扑簌簌地滴落

残花点点
蜂恋余香
梦中花瓣碎
止渴的梅在天涯

2017 年 3 月 10 日

桃花带毒

桃花带毒痴情三月
催护的那段桃花情
从唐朝燃烧到今天
桃花粉面

梦里桃花掩映茅屋
桃花伊人调琴煮茶
人面桃花的女子
粉嫩春天

2017 年 3 月 25 日

春天

穿波希米亚长裙的柳树
长发拉亮暖阳
眉毛挂露　眼里飘船

谁穿一条碎花长裙
谁与柳枝试比高

蝴蝶的影子
烙印成裙子的碎花
谁是粉蝶绽放

一路阳光

2018 年 2 月 12 日

蔷薇醉

一束阳光　一院蔷薇开
一袭汉服　油纸伞下蔷薇醉
一张古琴　水袖盈天
拈花弄墨　泼洒水墨河山

画里画外　眼底是江南
片片花瓣雨　飘零落红
描眉点唇　香魂何处倚
品残红　一壶老酒醉

2019 年 5 月 7 日

梦幻蔷薇

待嫁的蔷薇
身段丰满
坐上梦幻的花船
花瓣粉嫩谁的祈盼

粉蝶的蕊瓣扑闪
月下花前
透饮一夜春雨
娇滴滴的酒窝溢彩

粉腮凝露
一碗滚烫的情
漫过篱笆风景婉约
点亮迷醉的眼睛

一条粉色的河流和花船一起梦幻
在阳光里醉成笑脸
灵魂攀着蓝天白云飞翔
你是谁前世今生的梦幻

2017 年 5 月 16 日

桐子花开

走在这个季节
看沿途变幻的风景
熟悉的　陌生的
你的出现让我惊羡

淡淡的你含着淡淡的忧
是寥落的星辰
是一场平常的相遇
三月的桐子花

遥遥地望着你
你以素雅的姿态装点了青山绿水
走近你
你在姊妹花里笑得最灿烂

你淡雅而不失高贵
温婉而含蓄
争艳中蕴藏涵养
绽放中流露激情

你的迎风怒放

带走这个季节最后一丝寒冷
你的如期赴约
温暖这个季节和这个季节的人们

2010 年 4 月 28 日

窗外梧桐花开

一瓣瓣紫
明亮在谷雨的柔波里
一排排梧桐树
守望此岸涪江水
紫漫过水的过往

一条江的梦在远方
远方有多遥远
梧桐却把守望搁浅
一守望就是几十年
守成一场花开的盛宴

一串串紫
飘零一隅短春
窗外谷雨呢喃
你是谁的风景
谁明艳了你的梦

2017 年 4 月 20 日

夕阳依依

你站在河堤拍一树桃花
我在阳台看桃花笑春风

一缕金灿灿的夕阳
悄悄地抚摸伏案的我

窗外江面波光粼粼
流水潺潺地舞蹈

落红掠过水面
暗许一缕香魂

喜鹊盘旋俏枝
浅吟情歌

夕阳依依
牵着云朵的手恋恋作别

一缕炊烟的故事
太阳要回家

2016 年 3 月 25 日

情绪的天空

呐喊震天的雷鸣
敲醒天涯的梦
闪电划破天宇
撕开乌云的纽扣

热泪滚滚的冰雹
打翻收获的希望
颓废的绿叶
哭诉散落一地的遭遇

瓢泼的雨水
淋湿茫茫长空
辛辣的风碾碎生命的那一刻
绚丽的双虹镶嵌在天边

是谁扯起一片衣袖撑起蓝天

2016 年 6 月 4 日

秋风卷落叶

树脱离叶子
风舞
理想挂不上枝梢
残梦

卷叶的生命太瘦
憔悴
悲凉一地
泪眼

草黄叶残
呢喃的语言
压翻石头的誓言
愁怨

2017 年 11 月 12 日

老河沟红叶盈秋

一袭软红
晶亮地悬挂枝梢
娇滴滴的水　潺潺地流
温软滴露的秋

老河沟
水洗亮软红　洗净月颜
翻版山的梦幻
染一潭落红丰满的秋

秋水煮沸燃烧的红叶
嘚瑟的身段丰盈谁
颤动的脉搏叫醒梦境
只有你知道

碧云蓝天下
是你扯下一片红叶
笑靥弥漫的红叶
献给了我　血的模样

只一片火一样的红叶

我就能度过寒冷
你这悲悯的秋
柔软的山野有风的颜色

山岗在蠕动
经卷一样在吟唱
我在今生想起来世的歌
随意丢下一些叶子

随风随水随心情
悠悠地　风干时间
留下青焰是感激的水
今生淌着来世的泪

2020 年 11 月 13 日

茶叶在指尖舞蹈

山高谷深
种满雨露的翠芽
绿波飘船
毛峰在指尖舞蹈

杀青喊出疼
刀光剑影纷纷飘
炒青揉搓时光
青山挤出绿水

尘缘翻转
糅进茶农生活的底层
烘焙本色
簸筛悲欢

枯瘦的清欢
遇水的情
暗香涌动
沉浮

杯中映现孩子的笑脸

饮尽苦涩
一念
一叶一天堂

染指的茶香

2018 年 4 月 17 日

品茗

绽放生命的青涩
谁的纤指轻拈嫩芽
一壶滚烫的水
浸泡滋味

一枚茶叶
飘弥惊世的兰香
沉浮煎熬
隔世的味道

2017 年 7 月 11 日

茶

滚烫的情
遇水的心
煮熬里面

人生的味道

2017 年 6 月 14 日

茶与水

水的冷暖
茶懂得
茶的清香
水知道

世间物象
一杯茶的风光
江南江北
我是茶　谁是水

2017 年 6 月 16 日

一壶老茶

一壶老茶醉红
一朵金丝皇菊杯中浮
遇水的情绽放花颜
舞蹈梦中的湖面

柠檬裹紧红茶的沧桑
深深沉醉在杯底
一双醉眼观沉浮
谁沉谁浮水知道

水的语言泡软茶的生命
梦是生命的向往
水是生命的过往
这生命的江湖

一壶老茶一杯沧海
禅境眼底现
破译生命的取舍
苦涩的味道

2020 年 7 月 12 日

浮生若茶

一枚茶叶
风吹雨露
谁都可以采摘
烘焙揉搓体香

滚烫的水泡软
一念苦　一念甜
是苦　是甜
茶知道　也未必知道

茶的姿态不过两种
是沉　是浮
饮茶的姿态不过两种
拿起　放下

茶如人生
人生如茶
一道苦　二道香　三道淡
细品

来去都如风

浮生若茶
甘苦一念
平常心

2020 年 7 月 19 日

霜挂桃仁

钳子夹开坚硬的壳
分心木中剥出枚枚心瓣
文火烘烤酥脆的你
揉搓薄如蝉的外衣

煎熬一碗加糖的水
翻卷铺盖花的蜜糖
饱蘸白浪翻滚的情水
黏稠的风韵

穿衣　裹满思念的甜蜜
晾干　一层白如雪的纱
浓香甘甜的味道
等待你的品尝

智慧的蕊瓣披霜挂住舌尖上的美食

2016 年 6 月 14 日

一碗懒豆花

人来人往的菜市场
卖懒豆花的移动小推车
推着白嫩嫩的豆花
挡不住香喷喷的味道
我买了一碗很快下了肚

我把快餐盒扔进垃圾桶
无意识地一转身
一个老奶奶仰起脖子
正在往嘴里倒我刚丢的
残汤剩水

老奶奶穿着又脏又破的衣服
本该外翻的领子卷在脖子里
大脚趾从布鞋缝里探出来
沟壑纵横的脸
蓬乱的头发像刚被风掠过的灯笼花

我的心被芒刺扎了几下
忙着在摊点买了两个热包子
吃了经得住饿

再买了一碗懒豆花
给老奶奶送到面前
她接过去吃得很香

卖水果的妇女对我说
"她有儿有女，儿女都不管她"
我又一阵心酸
我当时就暗自发誓
好吃的　好喝的　要留给妈妈
一定要善待自己的母亲

2018 年 3 月 11 日

一剂救心汤

天遥地远
快递一份处方
香砂六君子汤
益气健脾　行气化痰

山高水长
快递一服中药
草药味道飘弥天地间
一剂良药　可遇难求

捧住药
一次又一次地煎熬
痛饮这救命的恩人
榨干汁液

倒掉药渣
救命不救心
秋水望断
往年风光幻梦一场

药渣像死人一样躺着

2017 年 11 月 2 日

一张纸

人生　一张纸
苦熬时光　分不清黑白
谁在失眠的夜晚叹息
生命　一张纸

一炷香　一张纸
焚烧尘缘
坟墓的那头
一张纸在路上

2016 年 10 月 11 日

中药的味道

气血做药引
脾肺当药罐
苦熬寒冷的肾
还没来得及细品春天的肝
谷雨泡软心房

取一杯春水
煎熬五味杂陈
喜怒忧思悲恐惊
紧裹一粒粒药丸

心肝脾肺肾
金木水火土
五脏五行相生相克
一物降一物
痛饮千杯又如何

2017 年 6 月 18 日

痛

心肺钝裂般的喘
撕扯今世彻骨的思念
睁眼抓不住梦幻
闭眼身心缠绵

绿萝的藤蔓是潮水涨满
冷得发绿的叶片迷失在冬天
宗教般的诗情点亮骨髓绽放
灯火如菊初绽

你的天涯拴紧咫尺的我
泪津月的光华凝霜

2017 年 1 月 9 日

有趣的中药名

一点红　二月兰　三七
四季青　五味子　六月雪
七里香　八角　九节风
十大功劳　百部　千金藤　万寿菊
数字里的草木之心

猪笼草　狗尾草　鸡冠花
鸭舌草　牛膝　马鞭草
羊蹄草　龙葵　蛇莓
虎耳草　猴耳环　飞天蜈蚣
花草里的动物世界

半夏
当归
防风
独活
草药里的人生

一个名字
一味药
杂花野草里的哲学

一草一千秋
一花一世界

2020 年 3 月 16 日

一个人的生死场

梦是高悬的云朵
绽开时光
剪掉翅膀的飞翔
是暗淡的独旅

执鞭的那一刻
精神和生命在博弈
一场刀光剑影冷凄
是今生和来世轮回

左转弯是今生
右转弯是来世
一道阴森的门启开
谁都丧失了行囊

是一座荒芜的山庄
一个人的梦短梦长
一种奢望
硬生生拉进生死的战场

手术室的温度并非我温床

忙碌的影子漫过我的心跳
一种锃亮的钢针融入谁的生命
疼痛定格在雪白的墙上

精神的钟摆
规范成正午十二点的太阳
窗外是阳光
窗内是昏暗而残酷的隧道

一个影子在眼前拉长
左手握不住右手的时光
梦真的好长
关上一扇门交出今生

2019 年 11 月 14 日

病着的床

梦了很久
醒在那张床上
蓝色窗帘拉成一片海
湛蓝的是水

床漂在水上
液体浇透血液
开着摇曳的菊
泛香的菊瓣托起

输液管　氧气管　输尿管　生命监测仪
这些管子水火难容
从头到脚都是磕磕绊绊
一个轻轻翻身

都惹疼软玉的神经
梦都轻轻弱弱地展翅
在疼的滋味里数绵羊　数星星
花香撕扯着眼睛

走廊上一个男人的鼾声

犹如滔滔江水　连绵不绝
偶尔一个晴天霹雳　波涛汹涌
吓得小心脏兔子一样地跳

七上八下　四处逃窜
打开关闭已久的手机
打开一些牵挂
梦的影子出现在眼底

2019 年 11 月 23 日

病着的房

一间病房在哭泣
两个人的私语

绵阳到成都的动车
我们没坐过
说好了坐动车去宽窄巷子耍
跋山涉水三百多公里
躺在省城一间病房
这秋天的落叶

十年没来过省城
地震后的心理援助培训来过

不是生这病的秋
怎么能这么安静
走在月光里
走在星辰中

一间病房　两个人
菊黄的液体滴答滴答
是两个人的私语

菊花的幽香漫过血液

轰鸣的机器在窗外
不黑的是这天

病着的房　围困两个人
星月躺在梦幻里

2019 年 12 月 11 日

气虚血瘀的冬

汤药尽饮
饮尽光与影
病着的冬闭关
填一阙宋词引药

黄芪补气　三七活血
人参固本培元
宋韵在阴阳相生里调理气血
生命独行自己的江湖

如梦的江湖在窗外
水已落　石已出
染霜的宋词
花开　性寒凉

煨炉煎药
寂寞滋味沸腾
小园药渣成冢
化作肥　更护花

冷暖穿胸

药的江河　伤的峰

填一阕词　盼春归

归来依然是诗经里的桃花

2019 年 12 月 1 日

夕阳问安

窗外一截病城墙
柔弱的模样
回不去明朝那时光
枯草舞动　藤蔓覆盖

谁在轻呼　丫头保重
山药补脾胃　人参补元气
谁又在叨念　记得喝奶　喝驴奶
喝一碗阳光浸渍的菩提花　安睡若莲

寒风在窗前私语
多好的人　病成这样
苔藓蔓延城墙
花斑癣一样丛生杂念

当归活血　莲子养心
天凉勤添衣
日影矮过城墙
夕阳问安　路过人间

2019 年 12 月 2 日

春天被关在门外

一场春雨被关在门外
一群孩子关在门内
病了的春天被关在门外

此时　谁度民间众生
在受伤的春天
神农尝百草

那些花花草草开在春天
阴阳相生又相克
谁尝寒热温凉

一群孩子
披一身梨花的白
负重前行

济世的天使
一群孩子
十万火急拯救春天

河水清了

桃花开了
春天被关在门外

谁是一座孤岛
谁是春天的谣言
谁是春天的使者

救世的解药在路上

2020 年 2 月 2 日

幻影里的生命

一只蚊子的触角敲着窗
一块透明的玻璃
蚊子放大思考
敲出玻璃的前世今生

纳天地灵气的石英
吸日月精华
一掩埋是上亿年
一块石头的寿命比人类还长

晶亮的石头
纵身一跳
融入红艳艳的炉火
火花绽放滴血的玫瑰

燃烧的梦
在路上飞翔
理想的翅膀
沸水铸造

涅槃重生

一张张透亮的玻璃
一页页凉薄的世界
窗户是一只明亮的眼

玻璃的生命流程
石英的痛
祸福熔一炉
蚊子知道

蚊子展开美丽的翅膀
蚊子的向往
谁知道
窗户不语

2020 年 7 月 1 日

窗上悬花

一只粉蝶
悬窗
一幅绝壁岩画
镜中花

隐形死寂
渴望一种光明
风嗅花香
蝶醒

闻风亮翅
破茧的姿态
轻栖阳台那株卷丹百合
花蕊轻颤里翅羽翻飞

一声鸟叫划过
雨帘悬挂窗前
蝶语缠绵
花影舞窗

2020 年 7 月 1 日

平南街上那棵杉树的守望

一棵杉树在平南街上埋了情
伟岸的身板撑起家园
冬去春又生

穿越旷世的树冠
茶马古道过往的马帮
停靠温暖的驿站

漂泊记忆的远方
岁月漫过烽烟
一棵树掠过一段历史

1935 年那章节
平南烙印下革命的历史画卷
平南县苏维埃播下革命的种子

古街的风韵了却在一场火灾
焚烧尘缘疼痛却在心里
古杉树沧桑的姿态见证真善

树梢和白云蓝天插肩

钢筋水泥封死根的构想
一棵树守望一条街的兴衰

2017 年 4 月 16 日

三圣庙，平南县苏维埃旧址

平南三圣庙里两棵紫荆树
树缠绵树
揽住久远的历史
树的语言是神的发言

慈悲的庙宇被红军的信仰点燃
三圣庙，平南县苏维埃旧址
碑刻的标语渗透思想的光芒
红色政权不朽长征精神在路上

靠近树　靠近思想
唤醒红色记忆
谁迈着敬仰的脚步
牵着梦砥砺前行

2017 年 4 月 11 日

锁江桥

一条江
一座桥
一把金锁
锁住这江

一条老街是一只船
上街一棵九头沙树
下街一棵皂角树
船头船尾泊在江上

古老的羌乡儿女
云朵的模样
耕耘山水之间
此岸彼岸是梦的家园

山洪暴发冲破围栏
雷劈电闪水柱冲天
一股白烟腾空
桥在白浪中翻卷

水急浪大金锁断

谁悲谁欢人难寐
是谁在桥廊上绘画
金锁的图纹闪耀

两棵树的背影山水颤
桥的传说河水一样流淌
锁不住的江水东流去
浮生若梦味道咸

2020 年 7 月 12 日

小满

初夏小满　水洗天空
嵌进深山的宫殿
青山秀水　绿瓦红墙
放牧向往

一杯蓝
梦一碗　空悬
万水千山
云绕风缠

风中的湖面
云摇水颤
浸水的羽毛随水
涪江泪　明澈的眼

湛蓝处
一扇窗掀开
水洗那杯蓝
煮一壶老酒　小满

2019 年 5 月 21 日

第四辑　奔向山海的边缘

高山雪莲

隔世的攀缘　才遇见你　在离天堂最近的地方
圣洁的雪莲　在冰雪之巅　历经沧桑的岁月
你从坚硬的砾石缝隙里　透过冰层　铺展生命的绝艳
石头覆盖不住生命的信仰
柔美娇弱的你　历经多少彻骨的寒　也要
绽放几朵炫目的花瓣　我醉眼望穿　你
娇羞的笑脸傲视苍穹　在最残酷也最干净的地方
你高傲而孤独地活出自己的天地

我要找到你　是我从未放弃的初衷　有谁
知道命运之神　不管在我人生的路上留下　多少灾难
多少厄运　多少痛苦　我沉默的灵魂都在寻找你
又有谁知道　我以出征的荣耀　在电闪雷鸣中
跋神山涉梦水　在冰刀雪剑中　穿越雪域　在风卷浪涌中
丈量海拔的高度　四千米　五千米　是尘缘的梦境
一路泥泞　一路荆棘　在颤颤的峰峦之上　找到你

纯净娇艳的雪莲　与其说你的柔美与娇小
不如说你的存在本就是伟岸　在你面前　不用去深想
你有限的生命和永恒的石头的问题　也不用去深想
渺小的人类与永恒的自然抗争的问题　我为你

孤傲又圣洁的灵魂虔诚地跪倒　找到你的信念
从未熄灭　你是神从我身体分割出去的一块肋骨
耀眼的莲瓣　清不染尘　点亮我思念的灯盏
穿越惊世的悲怆　在夹缝中求生存　也要活出生命的绝章
你怒放的生命　是我活下去的力量
你的心灵　本来就是一方净土
高山雪莲　一朵我生命之中的空灵之花

2021 年 12 月 12 日

涪江六峡

涪江水粼粼
六峡两岸群峰逶迤
芭茅花飞絮飘零
云起天边　残阳如血

峰险　水深　崖断
山体坍塌　道路中断
丈量　徘徊　风飕飕　思悠悠
沿着来时的路返回　握着风

风拉紧衣袖
芭茅花摇曳誓言
伤痕累累的翅膀
飞不过万重山

风起　青丝乱
花絮飞扬　缘起缘灭
碾碎梦魇　无常
手扶斑驳　山的魂　水的骨

灵魂的碎片在指缝间滑落

泪光中　不忍离散

痴恋　叹息　冷暖飘飞

天地一微尘

生命的滋味

天寒　伊人独守

悬崖拈花

黄花一地

望山里山外

一汪悠悠的水域穿肠过

归人何处

轻烟过　愁肠断

2017 年 11 月 21 日

西出折多山

赶赴一场虔诚的朝圣
脚步丈量山的高度
紧贴折叠的"多"　七弯八拐
指引一个又一个人生的拐点

抵达山的垭口
触摸川藏第一关
玛尼堆　祈愿墙垒砌心愿
扎西德勒佑你喜乐平安

康定情歌游牧白云蓝天
跋涉时光的山水
西出折多山
梦的翅膀飞向遥远的圣境

2017 年 8 月 6 日

光影在新都桥流淌

花草牛羊
秋波如镰
透过光影的叠加
木雅民歌嘹亮

追光逐影
草原亲吻牛羊
山脊一道弧线拴住幕天
牧歌悠扬

晚风吹动经幡
胡杨炫耀金黄
扯一片白云
村庄的背景

吟唱心曲
沉醉天堂
鼓点荡漾
木雅藏戏旋风舞

山歌的溪水在流淌

阿妈梳理麻花辫
放飞祈祷
盘起生活的头绪

酥油茶温暖时光
淌过指尖的阳光沾满奶香
骏马独行
光影的逐梦者

现代挤压传统
坚实了草根的思想
隔着光阴的思念
把满山的格桑花唤醒

2018 年 5 月 8 日

天路十八弯

云朵包裹天空恬静的光辉
凿开高尔寺山隧道
高架桥紧扣山脉的态势
一条盘曲的蛇穿行在高原

剪子弯山对望卡子拉山
相望成一场旷世之梦
山里有原　原上有山
绿色火焰升起在神殿

卡子拉山垭口
两位老人搀扶斜阳
云朵模样的银发是长情的陪伴
淡定的目光平息一段雨高原

甜蜜的笑靥柔软花草
拥抱夕阳向远方跋涉
生命的光焰点染天路十八弯
山高路远情长

2017 年 8 月 8 日

稻城海子山

天地浩瀚的海子山
乱石铺天盖地
铺陈石头的语言
野性自由

一千多个湖泊
闪烁的星子　碧蓝沉凝
撒落在天外星球
辽阔是不朽的永恒

蛮荒的海子山
稻城古冰帽
一切苍茫的谐和
归于自然

2017 年 8 月 11 日

稻城亚丁

跳出险峻的地狱谷
坠入神明庇佑的摇篮
圣洁的雪山刺破天穹
亚丁　孤绝神秘的天堂

仙乃日　央迈勇　夏诺多吉
守护香巴拉王国
三座神山强大尊贵的气场
暗喻生命如一羽鸿毛

草甸　洛绒牛场　卓玛拉措
放不下那片纯粹的蓝
走近一匹马　亲近一朵花
冰雪消融成奔流的圣洁

一场盛大的法会
冲古寺开光神山圣水
雪山掩映古树经幡
一步足迹　一次轮回

亚丁　心灵的最后一片净土

心清气静　容纳万物
纵然一粒微尘
落地生根

2017 年 8 月 13 日

海子山姊妹湖

天堂飘落两颗绿宝石
幻情人泪
雪山盟誓
做一辈子的姊妹　不离不弃

时光跋涉在路上
姊妹湖圣洁的灵光
哺育云霓抚照雪山
风尘不染的眼静观沧桑

圣洁的姊妹湖
你是我的遇见
一路风尘　只愿
触摸你的慈悲

2017 年 8 月 11 日

然乌湖

荡荡的然乌湖
软软的草甸上
黄牛和水牛较量过角力

掀翻铜做的水槽
一汪柔柔的水域
时光凝固在瓦村的木屋上

懒懒的阳光叫醒雪山
倒映在湖水的柔波里
暖暖地倾诉　山恋水　水依山
娇滴滴的耳语　不食人间烟火

润润的风拂过白塔
一袭红绽放滴血的旅途
你顶礼膜拜的样子点亮湖面

2017 年 8 月 18 日

尼洋河

神女泪
米拉雪山的精灵
思念的水
穿越莽荒

悲伤的尼洋河
泪水汇成母亲河
情在心里
梦幻踏在念青唐古拉山的路上

尼洋河畔流淌着情歌
草原牧场　牛羊经幡
挤奶的藏族阿妈
挤出一座雪山

古朴的土地
酸奶味道的江南
清波荡漾　牧歌嘹亮
奔向雅鲁藏布江的尼洋河

云白水碧草青

2017 年 8 月 21 日

羊卓雍措

浩渺的水
梦幻的蓝
神女散落的绿松石耳坠
镶嵌岗巴拉神山的耳轮

神奇的蓝
漂洗世俗的云烟
珊瑚枝的孤傲
羊卓雍措　亿万年的传奇

湖畔　牧羊人赶着羊群
云朵的模样降临神的居所
牧羊人点亮村庄唯美的背影
一帘幽思　天堂梦幻

白色的水鸟　掠过
这世上最美的水
生命是过客
灵魂缠绵灵山圣水

2017 年 8 月 23 日

纳木措

天边的神湖
人间的天湖
碧波浩渺的水
隔着苍茫的时空

念青唐古拉扑倒在地
怀抱纯净的纳木措
如水的思念
幻化蓝色眼泪

梦幻的水
闪烁神的灵光
冰清的流韵
涤荡天堂

念青唐古拉伟岸的身影
守护着圣洁的女神
轻抚时光
地老天荒

2017 年 8 月 24 日

布达拉宫

红山之巅
屹立着一朵耀眼的雪莲
红宫和白宫
枝头盛开纯洁的花瓣

展望触手可及的天堂
皑皑的峰峦之顶
穿红袍的高僧打坐在屋脊之巅
祈愿守望的模样

天上神宇宫殿
闪烁佛的灵光
云霓眷恋的地方
历史越过沧桑

松赞干布纵横雪域
挥舞藏王的权杖
文成公主和亲干戈止
诗书经卷播撒文明的种子

望宫内宫外

穿越历史的苍茫
有多少虔诚的朝拜
祈祷来世的路

2018 年 2 月 10 日

大昭寺

千年的容颜
穿越风雨
千古的典范
藏式宗教的传承

大昭寺门前的信徒
转经的脚步轻叩阳光的梦
青石板上光滑的印痕
见证匍匐的虔诚

叩拜的额头紧贴山水
碾平圆满路上的荆棘
丈量灵魂与佛的距离
佛在微笑

万盏酥油灯点亮六字箴言
一世信仰
要多少长头才能立地成佛

2017 年 9 月 27 日

一世虔诚叩响布达拉宫

潮涌的心
漂浮生命的信仰
深一脚　浅一脚
踏碎布达拉宫的转经路

吟唱满腹的经文
嘹亮自己的天堂
洁白的向往
碾碎辛辣的旅途

虔诚的身心
漂浮的叶片
牵住眷恋的脚步
磨亮谁饱含沧桑的额头

真情的长头
叩响布达拉宫
唤醒灵魂
梦回草原

2018 年 2 月 9 日

唐古拉山口

乘驾白云　抚摸蓝天
抵达天地相融的圣域
伸开双臂拥抱雪原
冰川　风雪　冰雹　雨太阳
唐古拉　离阳光最近的地方

雄鹰飞不过的峰峦
缺氧的垭口
汽车龟步攀缘
世界海拔最高的天地隧道
一种信念　翘望天堂

唐古拉山口
长头磕响的信徒
身体丈量 5231 米的峰口
虔诚的梦　膜拜的脚步　支撑喘息的喉管
青藏高原最神圣的地方

唐古拉山口
卓玛在帐篷烧开天堂水
热腾腾的情感在杯子里旋转

雪花的姿态
塞给她一包家乡的情愫
笑容绽放成冰山的红雪莲

唐古拉山口
带走了几朵雪莲花
圣洁的雪莲
能治愈父亲的心病

唐古拉　这风雪的粮仓
虫草　雪莲　纪念碑　兵站
厚重的背影
撑起民族的脊梁

2017 年 8 月 27 日

穿越可可西里

穿越青色的山脊
旷古的原野
粗犷　旷远　静美
可可西里　可可西里
人类生命的禁区

可可西里　可可西里
演绎着大自然的奇迹
藏羚羊　野牦牛的伊甸园
野性　辽阔　纯净

索南达杰保护站藏羚羊的雕塑
头角骄傲地刺向蓝天
谁用悲情的眼睛
洞穿世界最高的隧道
望断苍茫原野

风声凄厉如刀割着我的脸
醉眼望穿藏羚羊的影踪
此时　一列火车正横跨神的天堂

2017 年 8 月 28 日

在昆仑山

离天很近　峰衔着峰
白雪覆盖黄的壁　红的岩
头顶脚下　神圣　肃穆
千军万马在奔腾　在咆哮　在怒吼

仰望巍巍昆仑　仰望中华文化的源头
神话留下昆仑神的记忆
盘古开天地　夸父逐日　西王母与三青鸟
昆仑神话是初民的哲学

脚踩巍巍昆仑
膜拜万山之祖
刚烈的风穿过我战栗的心
今生来世共苍茫

2017 年 9 月 16 日

在青海湖畔

风吹过天堂的湖面
青海湖唱着一卷羊皮的经文
湖畔犹见反穿羊皮袄的牧羊人
经幡拉亮草泥糊制的天鹅客栈

温柔的女人　湖水的韶颜
端出手抓羊肉　青稞酒　奶皮子
青稞酒沉醉仓央嘉措的情歌
歌声是湖水在吟唱

闻香的风挤进木栅栏
惊醒牧羊犬
风是客栈的过客
谁是谁杯盏里的江湖

一朵蒲公英在杯里露出笑脸
青海湖苍苍又寂寂

2018 年 12 月 22 日

青海湖，一滴眼泪在流淌

青海湖　一滴眼泪在流淌
一滴硕大的眼泪　悲伤成倒淌河
宁静远方　青海湖蓝

油菜花的梦想飞过湖面
湖面上的云彩在流浪
一步一步走过时间

油菜花躲不过一场突如其来的雨水
埋葬一缕花魂
月亮挤破思念　泪水悬挂湖面

天空落下轻声叹息
含盐的湖里流过血的誓言
站在湖畔　晚风拥抱哭泣的花瓣

一朵蒲公英开在黄昏冰封

2017 年 9 月 25 日

青海湖，一杯毒酒

赶赴一场蓝的盛宴
痛饮一湖蔚蓝
神的泪滚落酒杯
一杯醇酿芬芳青藏高原

纯粹的蓝　纯净的温柔
窖藏千年的模样
一滴滴　荒芜深埋
蓝色的忧伤冰凉梦的幻影

万古的雪山酿造深情一坛
涌动的心一浪接一浪
摇曳的经幡拍打前世今生的缘
咸涩的风里飘弥毒酒的味道

刀郎凄美的《西海情歌》
毒酒一杯　沉醉在青海湖
誓言掠过湖面
爱你一万年又如何

忘记这"江湖"

归去来兮　一杯毒酒

2017 年 9 月 24 日

茶卡盐湖

一块巨大的魔镜映照高原
穿越山水　天空浮在水里
天空托起大地　时空在旋转
飘逸的仙子顾影凭栏
与时光和天空对坐
梦幻缥缈里是盐的世界
耀眼的傲娇明澈宁静

晚霞填补湖水的空白
残阳逼着天空交出云雨
"天空之镜"进入暗淡时刻
电闪雷鸣携带盐的味道
大雨冲刷丝路古道
湖水应和着风的语言

语言伤害的地方隐藏忧患
打捞枯竭自残的时光
无助在绝望中流淌着悲鸣
盐水浸渍的伤口
是密封的创痕

雪白的盐粒是晶体的思念
咸涩的泪水灼痛湖心
湖水的柔波里深藏疼痛
那涌出的漩涡揭示着什么

2017 年 9 月 21 日

云上格尔木

辽阔自在的格尔木
长满勾魂夺命的云朵
云朵一反常态　无牵无挂
浪漫漂泊　肆意撒欢

大漠静观云朵泼墨写意
高架线拉长思念
撕扯白云的衣袖
点亮荒芜的沙漠

火焰燃烧的沙漠
几头骆驼　平静的目光
望着悠悠白云
莽莽苍苍　脚步坚定
踏破灵魂考量生死

脚步放不下追梦者的跋涉
起起落落的云朵将时光摆渡
内心涌动天空的咆哮
在如血的残阳里寻找丢失

2017 年 9 月 17 日

在鸣沙山

黄昏很近
我在鸣沙山
光着脚走路
踩着还带有余温的沙子
深深浅浅的脚印
很快被沙子填满　也填满夕阳

我坐在高高的沙梁上
看落日　如血
望沙漠　无垠
苍凉如水的沙漠
在移动　在荡漾
而我一动也不敢动
眼前的眩晕理解了恐高症

一缕剪影
是驼队的背影
渐渐淹没在沙漠中
淹没了我昏花的视线

月亮爬上来

关照着鸣沙山的每一粒沙
也关照着我和月牙泉
星辰也会来
此时的鸣沙山
应该是寂静里的
一种声响

2021 年 8 月 30 日

扎尕那的黄昏

天边悬挂一轮吉祥的满月
绚丽的晚霞撵着车轮跑
戴花面罩的藏族女人
挥着牧鞭赶着牛羊回家

蕨麻猪嘴拱草地青草忽闪
一背牧草压弯藏族女人的腰杆
皱纹拉深岁月的经文
筛青稞的藏族女人晾晒日子的清欢

高高的晾杆上堆满青稞
麻雀啄着青稞垛子上的五线谱
花白的麻花辫子盘起妩媚的圆月
藏袍染过的云霞归向何处

捡菌子的小孩背着一筐笑脸
石匣子装着扎尕那
土木屋里飘出炊烟的笑语
灯火点燃松香油遥远的记忆

2016 年 9 月 15 日

扎尕那在飞

鹰一样的拉桑寺
护佑着鹰一样的扎尕那
扎尕那　深山里的村庄
神仙用大拇指摁开的地方
神性　原始　唯美

扎尕那在飞
阳光趴在经筒上
挂满笑脸
扎尕那的孩子趴在经筒上
鹰一样地飞　是扎尕那的羽毛
天真纯朴的脸蛋
是院墙绽放的格桑花

鹰在逡巡
是菩萨在检阅
村民是鹰
煨桑　念经　扫地　收青稞
僧人是鹰
将云朵装订成一卷卷经书

拉桑寺光阴的故事
扎尕那的山知道
孩子的童年
在经筒上荡秋千
扎尕那在飞

2019 年 1 月 18 日

筛青稞的藏族女人

九色甘南晾晒金灿灿的青稞
高悬的晾架铺向扎尕那的圣殿
藏族女人扬起车轮碾压的青稞草
一背篓沉甸甸的草压弯纤细的腰杆
压弯脖子上花花绿绿粗犷的项链

筛青稞的女人高举盛满麦糠的面盆
律动的手　旋舞的裙摆　紧随麦糠纷扬
牛粪糊制的竹筐装满丰收的盛宴
热辣辣的太阳烘烤出遥远的酒香
喜悦爬满绛紫色的脸盘

漂亮的遮阳帽遮不住炙热的熏烤
黑裙裾裹不住尘土的飞扬
刀刻经文的颜面刻满岁月的沟壑
半块甜瓜和着汗水犒赏劳作的苦甜
藏族女人勤劳的双手撑起家的港湾

2016 年 8 月 17 日

洋布村

群峰穿透天空
一群羊唱响蓝天
是自己的心经
闪烁的鹰群
神一样护佑着洋布村

古老山寨的羊布村
一尊青铜器蹲在雪山下
山寨是母亲的村庄
母亲的手心撑起一叶小舟
小舟漂浮在山涛林浪间

天上掉落一粒青稞
泥土与种子的姻缘
青稞苗的光焰
点亮洋布村历代的星辰

村妇　脸上涂抹着泥土的芳香
坐在开花的石条凳上
背靠土墙晒太阳
家长里短播下青稞的歌唱

铁锈色的土墙上投射着光的影子
锈迹斑斑的皱纹
拧成格桑花
绽放在阳光下

石头砌成的巷子
古经书一样神秘
土墙沾满百年风雨
刀刻结痂的沧桑
触摸泥土的味道
影子贴着阳光吟唱
书页随风翻卷

一群孩子从天而降
猴子的模样舞棍弄棒
拔一根身上的金毛
摁进墙缝　摁进阳光的血管
清澈明亮的眼睛和欢乐的笑声
是山谷里的溪流和阳光
溪水的双眼　融化雪山
孩子饮着雪水　将种子塞进草缝
阳光的叶子笑响童年

一辆小卡车驶入村寨
车上跳下几个男人
男人们扶着一个东倒西歪的汉子
云朵飘浮的模样

嘴里吐着神的语言
循着阳光的气息
趔趔趄趄飘向榻板房
手里紧握一瓶红星二锅头
是握着一坨青稞
手心里酿出青稞酒
一喝　山坡上的经幡开成了花
一醉　呻吟是村庄旁田垄的喘息

青稞荞麦撕裂田垄贫瘠的胸口
盛开风雪刀剑的花朵
旱涝保收听天由命
青稞苗逢着一场甘露
倾听阳光的祝福
阳光织成的小路
荞麦走向梦的花园

勤劳的妇女挥舞镰刀
收割荞麦　收割阳光
高高的晾杆上晾晒青稞　晾晒荞麦
白塔晾晒光明　桑烟飘弥
一种信仰滋养土地
一粒种子躺在阳光的血液里
重生

黄土里长出的草民趴定在干枯的陇上
是趴定在水磨盘上的青稞

在磨盘的轮回里挤压　粉碎
碾碎星辰　碾扁月亮
研磨岁月　研磨沧桑
时光悠长

一群古老的水磨坊
几块补丁缝在洋布村
钉住岁月
补丁上种一隅葵花
睡成笑脸
是一只只净瓶
隔崖怅望
忘了旋转的声音

洋布村　一粒微尘
掉进青稞的胸口
掉进奔跑的羊群
喂养蓝天

青天长存　洋布村不老

2019 年 4 月 28 日

理渠河，流淌着经文的河流

错综复杂的石头铺天而来
石头是山的眼睛　水的骨头
石头上刀刻流淌着的经文
河谷是一幅美丽的经卷

披彩显媚的佛端坐在石头上
石头念经　雕刻灵魂深处的六字箴言
"唵嘛呢叭咪吽"　水的呢喃是佛的梵唱
水洗佛经　经文随水源远流长

经文漂在水中　佛在崖石上观望
石头上的经文　石头不动水流
六字箴言　水的永恒
一条河流承载着藏民同胞们的信仰

五彩的经文在理渠河流淌传唱
阳光流转　石头回归自然
一种信仰用智慧点亮山水
山托举起水中流淌着的经文

2018 年 6 月 11 日

道孚民居

宏伟的神山下
树林成溪
花草谦卑
藏寨迷人

红房子　白屋顶
依山傍水
木头　石头　泥土　就地取材
垒砌一座座积木图案

一楼一底
白墙　红壁　花窗
建筑的语言　奔放传统
朴实的智慧烙印藏式寺院建筑

门　窗　梁　栏　精雕玉琢
龙　凤　仙鹤　麒麟　美轮美奂
雕刻绘画的语言
回归佛教艺术的审美原则

一座座绝版大木屋

散落人间的仙境皇宫

在这里　一草一木都是佛的贡品

在这里　每个人都是艺术天才

2018 年 6 月 12 日

德格印经院

雪山　草原　牛羊　经幡
狼毒花席卷的季节
点点白花铺天盖地
摇曳在格萨尔王的故乡
蓝天下的德格印经院
古老的智慧宝地
经幡飘　僧袍飘　经文飘
经书的出生地
一座璀璨的藏文化宝库

在这里　时光慢下来
在这里　信徒朝拜佛经
祈愿加持智慧　无苦无难
这里有身怀绝活的匠人
将藏文化装订成孤本

雪域善地本身就是一方净土
狼毒纸绵延流传
虫不蛀　鼠不咬　是狼毒纸的圣洁
韧性是藏族人造纸的传统
泡洗　锤捣　打浆　晾干

一道道繁杂的工序饱含着艰辛
一张张狼毒纸像盛开的狼毒花
顽强地抗争时间

古老工坊里散发浓墨暗香
刻经人一刀刀雕刻佛陀智慧
雕刻虔诚　雕刻敬畏
雕刻信仰如亘古天地

是的　走过百年沧桑巨变
印经院还是最初的模样
不用烛火不用电
拉深远古的回忆
古老的气息　智慧的指引
修行者朝拜的圣土
德格印经院　一道圣光与日月同辉

2018 年 6 月 25 日

雪落亚青寺

八月草黄
玉带缠腰
雪落亚青寺
覆盖错落叠加的红色僧房
一件厚大的白风衣
披在川西高原

风雪剑舞
呜呜嗥叫
跟跟跄跄地敲打木窗
窗户醒来
觉姆闭关修禅

石头上端坐菩萨
雪落无形
雪花温暖石头
石头上的菩萨在笑

穿藏袍的几个女人
裹着头巾绽放在雪地
手拿撮箕养护公路

风雪吹皱脚下的冰雪路

公路切割山色

雾霭沉重

一夜寒气侵袭

昨夜的梦里映现苍白爱情

支气管再次扩张咯血

血浸染雪

雪冰封血

爱情苍白

天地苍茫

一场风雪在赶路

2018 年 7 月 13 日

磨西古镇

磨西古镇云霓眷恋
环山的眼
海螺的模样
轻栖贡嘎雪山

大渡河畔山软水缠
沉浮的船撑起家园
雪山映亮天堂的人间
拉深岁月的前额

背夫的汗水
茶马古道知冷暖
深一脚　浅一脚的梦幻
青石板路上逝远

古镇风云唤醒过往烽烟
明清建筑彰显历史的久远
哥特式教堂耀眼深山
东西方文明璀璨青山包裹的窗

红军来到磨西天主教堂那天

神父曾熬夜奉上盛宴
马灯点亮磨西会议
火把照耀着飞夺泸定桥的神兵天将

2019 年 6 月 6 日

喷香地走在海螺沟

夏天的海螺沟突然热闹了
蚂蚁一样的游客
攀缘在原始森林
栈道都气喘吁吁

林子里弥漫的精灵
野百合从春天走向夏天
小松鼠又蹿上树梢
苔藓活得明亮光鲜
飞天蜈蚣　杜鹃　花蝴蝶　熊猫窝
身上沾满阳光　沾满喷香的花草

风掀动叶子
油绿的　鱼肚白的　肥胖的　纤瘦的
像极了爬山的人们
喷香地喝几口清泉
喷香地走在栈道上
爬山看冰川
身上映着光的叶子

2019 年 5 月 21 日

四姑娘山

泼墨山水
泼出四姑娘山
拨开云雾
雪峰纠缠

境里境外
草甸　野花　阳光
牛羊啃经幡
放牧蓝天

千年沙棘
临摹的国画树
枝头悬梦
神话的一种

百褶裙翩舞的姑娘
文火煮山水
一锅牦牛肉炖松茸
山软水颤的香

舌尖上流过山骨水魂

2019 年 12 月 30 日

西索民居

一座古堡骑虎头
山环水绕
石头垒砌的藏寨
密压岁月

脚步踏响青石板
幽深的巷
梦的家园
阳光柔软时光

圣洁的花
流淌在花格木窗前
蝴蝶亮翅
染一身禅语

谁止步
凭栏探望
木楼梯悬梦
闻香的风打开经堂

转经筒闪烁神的光焰

图腾爬上碉楼
石头的思想扑闪
浑然天然

2019 年 12 月 31 日

水墨漂洗上里古镇

青山绿水环抱田园农舍
小河潺潺　石桥光滑时光
踏着清亮的雨水
烟雨迷梦　穿越古今河面

石板街　木楼阁
青瓦飞檐　茶楼酒肆
过客的残梦
青石板上的记忆

韩家大院　庭院深深
窗　枋　檐　满院雕花
一门一窗一世界　韩家的银子
"七星抱月"　水火不容故事烟雨

古桥　古塔　石牌坊　青苔斑驳
时光梦幻百年前
高桥两岸骡马互市
马帮铜铃摇响小桥流水

茶马古道点染水墨古镇

名山茶　邛崃井盐
康巴骏马　西藏药材
古道上盛开丝绸之花

白鸭戏水　村妇濯衣
翠柳依依　水墨一片
淡饭清茶　明窗净几
月语轻斜　暂栖客栈

窗外雅雨一帘帘
恬静　粗犷　端庄
漂洗天地尘埃
泥土的味道

雨悲雨欢里静观
过往皆风景
石板路延伸梦幻
谁在烟雨古镇穿越

犹见古人打马归来

2018 年 6 月 7 日

红原月亮湾

天青地阔　绿草如茵
红原　红军走过的草原
月亮湾　仙女的飘带

轻舞曼妙的弧线
弧线婉约　绘画月亮
月亮落进草原

一把把镰刀割牧草
刀锋闪亮　牧草清凉
草滩饮马　老马披霜

风餐饮露　背影孤独
牛羊成群　群星闪耀
花海梦幻　牦牛蹚水

水中抚月
水色冷　波光艳
月亮湾里捞月亮

2018 年 7 月 19 日

九曲黄河第一弯

群山潮涌　云霞灿烂
奔腾的草原辽阔自在
一条长龙身飘玉带
划破天际滚滚来

挎刀带剑　披荆斩棘
从容的风度气吞万里
朝拜东方的雪宝顶
河曲马留不住眷恋的脚步

蛇行蜿蜒　折返一百八十度
轻敲四川唐克的门
古寺白塔　河州水鸟
一幅巨大的乾坤图

牛羊牧歌　水天繁花
一袭袈裟　吹奏老号
日落乾坤湾　遥远　珍重
生命轮回　黄河这一道弯

2018 年 8 月 10 日

若尔盖大草原

天高地青
森林是飘弥的云
草原是土地的胸怀
阳光走进毡房

花湖盛开蓝天白云
水天幻化翡翠
湖泊串成藤萝
攀缘梦幻

穿越若尔盖大草原的历史
莽苍草原走来了红军
灿烂花草
神鹰难飞的草地生死考量

班佑河畔寒光闪
七八百鲜活的生命带走饥饿
《七根火柴》闪烁神圣的光芒
"巴西会址"的路标做出北上的导航

牦牛是撒落的黑珍珠

雪球滚出群羊的姿态
马背上的藏族小伙子
鹰一样飞翔

牛羊的信仰
草的疼痛
经幡喘息
惊醒神灵

草地蔓生红军菜
班佑烈士纪念碑直插云霄
胜利的曙光
燃烧草地喷涌的畅想

2018 年 8 月 8 日

古道阴平

原始险峻的山
荒无人烟
一条邪径
纵贯川甘

魏将邓艾偷渡阴平
山高谷深
凿山通道
攀木缘崖

离天很近的摩天岭
玄鹤徘徊尚怯飞
邓艾裹毡推转而下
奇袭江油关

一条深山邪径
左右蜀汉王朝的命运
一条道路的选择
改变中国历史的走向

历史演绎惊人的相似
明军伐蜀

傅友德沿着邓艾走过的路
取阴平捷径攻入成都

1935 年那个春天
胡宗南部经阴平道
在摩天岭阻击红四方面军
红军在阴平古道几经辗转长征

1949 年那个冬天
解放军沿阴平道入川
配合东部入川的主力军
一举解放全川

一条天险承载南北物流
汉唐的蜀锦运往西域
唐宋的川茶秦马互易
明清边地山货互通

古道上的历史一段段
主宰巴蜀命运
古道上的传说一茬茬
淹没在青山绿水中

一条条蛇行的公路穿越
酒的味道
茶的姿颜
香飘古道阴平

2020 年 5 月 14 日

千佛崖

金牛古道伸着长长的臂膀
臂膀托起千佛崖
千佛崖　一千尊佛在崖壁
迎着风　迎着浪

千佛崖　万世不朽的仰望
佛的慈悲　谁在攀缘
崖壁一尊尊石雕
闪烁神性的光芒

嘉陵江岸　汽笛长鸣
碾过时间的列车
拉深历史的隧道
青石板古驿道飘逝过往

抖落五丁劈山开道的传说
车马印痕述说蜀道咽喉的沧桑
千佛不语　静观尘世嬗变
高架桥横贯江南江北

嘉陵江水呢喃

水的语言是佛的梵唱
北魏到现在　琐碎的尘缘
风化拉深千佛崖的皱纹

佛的笑颜
惊醒匆匆的行旅

2017 年 6 月 1 日

剑门关

蔚蓝渗透一隅天
剑门关逶迤千万年
大剑山倚天是剑
两崖相对是门

七十二峰　峰连着峰
唤醒峥嵘岁月的狂澜
穿越蜀汉雄关古道
烽烟掠过那些峰口浪尖

五丁劈山开道的传说将历史拉回战国争雄
金牛古道上的车轨印痕彰显古人的智慧
武侯扶病北伐　凿山岩　架飞梁　修栈道　筑关门
情系一缕不灭的忠魂

木牛流马的运输发明闪烁武侯智慧的光芒
姜维镇守剑门关闪过刀光剑影的风光
一刀劈崖断　萧萧风雨
旌旗哭号　云飞浪卷

邓艾翻越摩天岭　走阴平古道偷袭江油关

封死的剑门关　守不住蜀汉倾覆的家园
关楼孤影　千古遗恨
江山一统　雄关依然

一支藤蔓缠绕的天梯石栈南北血脉相连
鸟的翅膀拍打在半山腰
险峻的鸟道让李白的《蜀道难》成为不朽的峰巅
舍身崖凄美的神话虔诚拜倒在佛门面前

崇山秀水环围"第一关"的风韵
千年古柏守护着一条通天的栈道
悬空的玻璃观景台紧扣山脉的态势
鼓角争鸣催动旅游的发展

挺起的脊梁是剑
敞开胸怀是门
剑门关逶迤千万年
静观尘缘瞬息万变

历史的天空驰骋纵横
撼不动天下雄关
望关内关外
眼底长安

2017 年 6 月 4 日

张飞活在一座城里

走进阆苑古城
走进张飞的故事

张飞卖肉
张飞断案
张飞穿针
张飞绣花
张飞挂灯笼
张飞重拳捶井

虎将军张飞
黑脸的张飞
智慧的张飞
鲁莽的张飞
多情的张飞

漫步张飞大道
看张飞巡城
观张飞墓
品张飞牛肉
尝张飞醋

醉张飞酒
赏张飞戏
住张飞酒店
穿张飞文化衫

徜徉阆中古城
处处遇见张飞

一座城
一种符号
一个灵魂
精神千古

2020 年 4 月 10 日

莲的思想

缥缈里六月的柔灿
荷花点亮十里碧波
恰似水墨江南
婉约圣莲岛

十里荷花一场盛放
慧瓣启封　粉黛繁华
守望千年的观音故里
梦幻　沉醉　祈愿

闻香的风泛韵观音湖
拨动莲的琴弦　绿浪翻卷
漂洗泥土深处的清廉
清婉隽秀　冰清玉洁

观音迷醉荷花的笑脸
打坐圣洁的莲盘
圣洁娇艳的莲瓣
观音的笑靥慈悲谁的梦

2017 年 6 月 13 日

酒与一座城

撬开泸州这坛老酒
闻香的风紧紧拽住北纬 28 度
拦一碗玉露　滋润
彼岸高粱　沉醉
醉红守望的田野

五渡溪的黄泥　唤醒
沉睡千年的老窖
一个淳朴的作坊
古老的技法代代传承　风雨不改
一捧老曲渗透黏稠的风韵
细作酝酿的情调　醉生梦死
甘甜的龙泉井生生不息源远流长
滋养一代代酿酒人

一座城　一窖酒
城的酒　酒的城
酒的肉　酒的血　酒的骨　酒的魂
巷深酒醇　水硬城软
一坛老窖荡天

梦里江山杯盏间

一壶老酒醉千年

诗酒千秋过

一杯沧海

刀剑风花漫

一条酒红

文人墨客吟佳句

一吟一千年

酒的声音

世界的语言

"中国第一窖"

白酒文化的活化石

沉醉　梦醒

酒与一座城

中国的非遗文化

千年佳酿穿越山水

2019 年 6 月 22 日

龙泉井

一座城　一窖酒
一眼泉　一段传说
一个樵夫　一坛仙酒摔翻
一井玉露　煮沸酒的尘缘

一口老井　打捞多少春秋
一滴水　香醇一碗
韵语泡软井沿　含香的玉露
煮一壶浓香的老酒

醉眼望穿一眼泉
你是水　你是酒
水和酒　水是酒的血
血溶于水　煮一窖天地佳酿

窖藏金木水火土
星转斗移醇香天地间
龙泉井　你是天堂眼
天水喂养龙的传人

2019 年 6 月 16 日

诗韵沉醉江河渔船

夜悬一面长江水
柳梢撕开月颜
月语斜透江面
波光水面　渔火一盏

凭栏洗月
眼里漂船
诗韵的身段
沉醉江河渔船

软月一钩
三杯两盏　诗酒江山
推杯换盏间　一盏灯
晃动梦的枝头

笙歌荡天
晚风拂柳夜色欢
一江春水醉
"泸州老窖"的招牌闪耀

亮灯的码头

灯红酒绿　歌舞升平
沉醉江河渔船
举杯痛饮一江月色

2019 年 6 月 23 日

方山

长江畔
一座方山
驾云雾
锁烟霞

云峰一座
曲径通幽处
松柏　清泉　蝉鸣
寺隐山　山显灵

九十九峰　四十八寺
不灭的烟火
建文帝　韩湘子
远去的背影

古钟撞响山泉
跳动着长江的脉搏
微笑的黑脸观音
点亮尘缘

谁偎凉亭

谁在飞针走线
针落花开
千里江山笔下绽

山的骨
水的韵
佛道与共
这江阳第一山

2019 年 12 月 22 日

尧坝古镇

烟雨迷梦的水墨古镇
一片片青瓦房紧相连
四合院的小天井
铺开尧坝古镇的历史章节

一棵大榕树冲破天井
守望着凌子·风影视陈列馆
枝繁叶茂围绕井天飞翔
摇挂一枝枝幽情

徜徉这梦幻的古镇
油纸伞绽放飞翔的花瓣
镶嵌谁云彩一样的身段
幽梦一帘帘

大鸿米店空放一张清式的床
雕花盛开床头床尾等待谁的迷梦
高悬的草鞋唤醒那个饥馑的岁月
太婆将这柔软的情织进草鞋的记忆

先市酱油口福万家　调和五味人生

裁缝铺缝补日子的清欢
小茶馆里一杯清茶泡出悠闲的龙门阵
川牌的滋味悠长　黄粑的味道近了

一座进士牌坊矗立百年
守望茶盐古道的今昔巨变
青石板托扶着躬身掩面的背影
油纸伞的味道近了

2019 年 6 月 27 日

张坝桂圆林

临江
百年古树
云水喂养
搭建一间屋

绿风景拉深岁月
湖广填四川那章节
迁徙的路山高水长
一粒种子穿越尘缘

随风随水
谁将种子放入土壤
深植的情结长成树王
守望来世的模样

十里长廊曲径幽深
梦里不是他乡
那个人已远
滚滚绿浪翻卷

2019 年 12 月 23 日

龙脑桥的守望

九曲河撕扯一缕思念
龙脑桥连接一段乡愁
桥墩几盏守望尘缘

一条河雕刻一座桥
雕刻青狮　白象　麒麟　四条龙
瑞兽的光焰点亮龙脑桥的前世今生

朝阳斜望古桥
古桥倒影红尘的水
婉约缥缈里柔灿

沉醉的龙脑桥
你是谁的守望
谁是你的过往

牵着岁月的手　从明朝到现在
秋水望穿　天涯望断
人远桥在　桥度尘缘

2019 年 6 月 14 日

应县木塔

释迦塔拔地擎天
五层八角木德参天
风铃叮当悬半天
千年白云风雨中

玩海　拱辰　望嵩　挂月
层层匾额文笔参天
武宗皇帝挥毫泼染
题写"天下奇观"

是谁建造了这座斗拱博物馆
谁在诊脉抢救这座古塔千年
地震　战争　炮火　弹痕
过往风雨观万家烟火

是佛　是神　是仙　是人
洗涤尘心
木塔一座
万古观瞻

香风

花雨

麻燕绕塔飞

万象逢春

2020 年 3 月 6 日

悬空寺

飞来一座寺
空悬千年
月挂飞檐
绝尘的悬

悬楼
悬阁
悬栈道
一幅绝地通天的画板

孔子
释迦牟尼
老子
三教一炷香

佛　僧　禅
一部经书
归真
空

脚踩云烟

攀援悬空飞楼
空中见佛
净土的寺

悬

空

寺

玄红尘

2020 年 2 月 29 日

五台山

日出　晚霞　春色　奇光
五座山耸霄汉
东西南北中
佛国圣域风韵

汉明帝感梦求法
东汉到民国
一部寺庙建筑史
璀璨华北屋脊

恒河的佛风
梵门的经声
在这古老的山里碰撞
半壁青灯照亮佛殿

红墙碧瓦
大白塔擎天
显通寺　菩萨顶　黛螺顶　五爷庙
一炉香烟人神共享

清凉净地

文殊道场
智慧磨亮
一把锐利的剑

朝山拜佛
经声佛号醒梦
檐瓦滴水
莲开现佛

不老松悬月
帝王的题字天人合一
暮鼓晨钟拂尘寰
泉水长流不息

2020 年 3 月 8 日

涪江上游的诗意家园

何美然

千里岷山主峰雪宝顶海拔5588米，雪宝顶冰雪消融，形成涪江的发源地。矗立涪江源头的平武县，亦是我魂牵梦萦的美丽故乡。平武县地处四川盆地与西北高原交会的过渡地带，是汉、藏、羌等多民族相互迁徙交融的大走廊。平武县，古称龙州，山环水绕，岷山、摩天岭、龙门山等万山罗列，如拜如伏，涪水湛蓝、蜿蜒南流。

涪江上游的青山绿水，滋养着一代又一代勤劳、纯朴的平武人。

我是喝涪江源头之水长大的，生在大山里，长在大山里，读书工作都在喂养我的这方山水。时间长了，有一种"不识庐山真面目，只缘身在此山中"的感觉，枕着大山入眠，伴着涪江水梦醒，努力教书，过着再也普通不过的寻常百姓的小日子，享受着山里人的山水之乐。2008年"5·12"特大地震撕裂了龙门山河，彼时我工作的小镇南坝（今更名"江油关"）地处断裂带，在特大地震那一刻，瞬间沦为废墟。山河破碎，侥幸捡回小命的我和很多人一样面对废墟中的家园，开始了重建，不离不弃地守望着我们自己群山褶皱间的家园。灾难让我坚强，也改变了我的人生观，2016 年，工作之余我开始尝试进行诗歌创作，开始精神重建，用诗歌记录这方山水大地，也抚慰内心的伤痛与眷恋。

从此，我想以诗歌的形式抒写我们平武本土原生态的人文与自然之美，讴歌这片土地上的人和风景。诗集《白羽毛飘舞的山谷》，主要围绕故乡的历史发展、少数民族、红色文化、乡土文化、生态环境保护与传承等多个主题来写作。投笔于美妙神奇的大自然中，以亲历者的身心，以诗意的视觉，以女性温婉细腻的触角，感悟故乡的每一座山，每一条河流，每一个生灵，每一株草木。我力求一种原生态的美，一种人文之美，构建天人合一的生命共同体和万物共生的和谐和美之境。

断断续续，有徘徊，有坚持，零散的诗歌聚拢在一起，居然也数量可观。在著名诗人雨田老师的鼓励下，我萌生了出版个人诗集的念头。人在事中迷，我却连个像样的书名都取不好。好在雨田老师和羌人六先生通读我的诗歌后，帮我定下了一个具有地域特色的书名：《白羽毛飘舞的山谷》。这个书名让我喜欢得一塌糊涂，我当时就惊叹、佩服他们的思维与才华，这书名与我的相遇似乎充满了神韵与禅意。白羽毛飘舞的模样该是多么美啊！应该是美得极致！极致得没有语言表达！这些流浪的诗歌从此有了归宿。书的名字让我想起了我的爷爷，老人家早已离开了这个世界。仙风道骨的爷爷是祖传的"释比"，在我们当地是德高望重的羌文化传承人。爷爷的一生都在舞蹈。此刻，我的眼前恍惚闪现出他当"掌堂师"的情景，他老人家身穿法衣，头戴花冠，花冠上插着野鸡翎子，踩着羊皮鼓的鼓点舞蹈的模样堪称一首绝美的诗。书名为《白羽毛飘舞的山谷》仿佛是冥冥之中的巧合。我的名字是爷爷取的，我很喜欢"美然"这两个字，尽管这么多年，我都不能参透其意，大概，也许，老人家是希望我用眼睛和心灵去发现自然的美，发现山水之间的大美，追求美，心存真、善、美。

美无处不在。只要我们有慧心、慧眼、慧根，都会发现美。水流是美，水静是美；蓝天是美，白云是美；花开是美，落花是美；朝霞是美，落日是美；雨帘是美，生命是美……我的小屋有巴掌大个阳台，阳台上放了张巴掌大的书桌和一把椅子。窗外便是汤汤的涪江水，掩映在树林中的白房子和连绵的山。我时常坐在窗子以内看窗子以外的风景，水流有形或无形无常，一层山又一层山连绵不绝。眼睛能看见的最高峰便是故乡的药丛山，小时候总是望着药丛山走在上学与放学的路上，那个时候总是想山的那边是哪里，现在知道山外是更高的山，可我到现在都没有走出大山。在山里待惯了便喜欢山的厚重之美，气度之美，力量之美，静止之美，天然之美。我也时常看着那些乐此不疲的涪江水，想象它们一路奔腾，穿越一座座山，喂养一座座村庄与城市，最终汇入长江流入大海。感受着水的豪放、粗犷之美，细腻之美，舞蹈之美，用涪江的源头之水泡一杯茶，坐在阳台上，看着滋养我们的涪江，听着它美妙的旋律，一首首诗的灵感便在这样的情景中产生了。诗集里的这些诗作，寄托着我对这片矗立涪江上游的故乡，这片隐秘而美丽着的土地的讴歌、深情与眷恋。

因为写诗，有人叫我"诗人"，我羞愧得恨不得从地缝钻进去。在我以为，宇宙万物，天地日月星辰，山水雨露等世上一切事物，美得极致，美到极致，达到万物归静的境界就叫诗。我期待着自己能够妙笔生花，期待着自己能够随物赋形，用精准的意象捕捉自己内心的闪电。小时候见过爷爷烤酒，我们这里叫酿小灶酒。我写诗的过程像极了烤酒，从构思到炼字达意，最后成型，就像粮食经过发酵，放在锅里去蒸煮，然后静听水升华成酒的血液在流淌，再倒掉槽糠。努力把方块字变成诗的模样，对我来说，不是走路那么简单。很多时候，我感觉自己连走路都走不好。诗人应该是认识世界的先知，理解生活的悟道者，惯看秋月春风的隐者；应该是一切美的化身。对诗歌怀揣一颗敬畏之心足够，我相信自己，在意的未必是诗人的身份，而是写诗的过程。

在创作的过程中，有朋友取笑："现在还写诗啊，脑袋有问题。"父亲和关心我身体的朋友阻拦过多次，他们是真切关心我的身体，都知道我这病恹恹的身子不适合创作，太耗神了。用中医理论讲就是"思伤脾、忧伤肺"，久坐对身体都是很大的伤害，长此以往，气血虚弱，疾病缠身，加之我从小就体弱多病。父亲不知道，将文字当作精神食粮，就像耕者收获一茬茬庄稼，其中的心迹，只有自己能感知。有一种永恒的香是墨香，有一种梦叫诗和远方，有一种归宿叫诗意的天堂。我知道，我的文笔达不到山的高度、水的深度，我一直在山水的边缘，在生活的边缘，边缘化地写点自己的感悟。这些灵感或许又离不开爷爷，书中收录的关于报恩寺的诗歌，对报恩寺的初步认知，是我八岁左右，爷爷带我去报恩寺，我们爷孙俩还在报恩寺照了相，印象中报恩寺很美，我也是第一次在报恩寺见到白马人。印象最深的是他们漂亮的服饰和头上的白毡帽，白毡帽上还插有随风飘舞的白羽毛。童年时期埋下的种子其实一直在发芽，诗集《白羽毛飘舞的山谷》，便是对来自童年记忆的回响，回声，回应。

有人说："越是民族的越是世界的。"白马人居住在涪江上游，平武县白马、木座、木皮、黄羊四个民族乡境内都居住着众多的白马藏族同胞，他们住在高寒山区河谷地带，房屋依山而建，一寨一村，以前以农耕、畜牧、狩猎、采集为业，原始的生产、生活方式形成了白马人对自然的崇拜，也造就了他们勤劳、勇敢的性格，孕育了白马人原始、古朴的民族文化。诗集收录的"白羽毛飘舞的山谷"一辑，就是以诗歌的形式展现白马人的历史渊源和原生态的民风民情，以诗歌的形式抢救白马文化和对白马文化的传承。我期待以自己的抒写，呈现一种超时代的思想渗透力和艺术厚重感，通过多次实地考察，通过丰富浪漫的想象和粗犷豪放的文字，记录下这个没有文字只有语言传承的白马藏族，一个特殊民族演绎发展的生命历程和精神本真，一个文化的活化石。此外，我置身的这片土地，还存在着丰富灿烂的历史文化。书中收录"报恩寺诗笺"一辑，报恩寺坐落在平武县城内，为龙州宣抚司土官金事王玺、王鉴父子奉旨修建，是目前我国保存最完整的明代宫廷式古建筑群，是当时多民族边远地区特殊政治制度的重要历史见证。报恩寺纯楠木建造，具有融汉藏文化于一体的建筑美、雕塑美、绘画美，以及当时鲜明的时代及地域特征，风雨五百多年，备受历朝历代官府的保护。该建筑群极高的历史价值、艺术价值、科学价值、社会人文文化价值得以完整保存至今，是人类社会文化、建筑发展史上一个奇迹。我以诗歌的形式展现古建筑的美和对人文的思考，也是对现在生态环境的一种思考。

人在大自然面前永远是渺小的。浩瀚的山水之间，脚步丈量与投笔抒写都是一种缘分，一种与山水的缘分。我以热爱的笔触力求作品充溢着艺术穿透力和思想厚重感，奔向山水，以诗歌展现梦旅的脚步，且行且思且珍惜。一路走来，经历自然灾难，随时疾病缠身，活着不易，诗歌给予了我一种特别的慰藉与力量，也让我记住了一个词："感恩！"在这里，我要特别感恩雨田老师，感谢他对我创作的指点和鼓励，帮我改稿，给我指出写作中的不足，为了出这本集子，花了大量宝贵时间帮我筛选诗歌，为书取名，为我这本书能面世前后张罗，真是操心不少。他对一个诗歌新人这么的关爱与扶植，每个环节都是那么细致入微，真让我感动不已。感恩羌人六先生一直以来的关心与鼓励，对诗集过经过脉地把关，对这本集子的出版事宜出谋划策。感恩王德宝先生、白鹤林先生和孙兴伟先生对诗集的指导与建议。感恩江剑鸣老师一直以来对我的鞭策与鼓舞。感恩西南大学的蒋登科教授为我写序，特别让我感到吃惊的是，蒋教授与我素未谋面，他为了给我写序，还在网络上去搜我的文字，这种严谨的治学态度让我佩服不已。更惊叹他给我写的序，那简直是写到我的心尖尖了，让我真正体会到"文字会说话""文字与心相通"。感恩赵林春哥哥一直以来的鞭策与鼓励支持。感恩我生活中、工作中、诗歌创作中，所有帮助我、关心我的亲人及同事、朋友，感恩生命中所有美好的遇见，感恩遇见诗歌。

所有的相遇都是缘分，感恩我在山水的边缘遇见你！

在此，借一页薄纸，衷心说上一句："谢谢！"也衷心期待，我的首部诗集《白羽毛飘舞的山谷》，能够让读者和朋友们，在各自的道路和生活中寻觅到宁静、诗意和真正的美。

初稿 2023 年 8 月 16 日

定稿 2023 年 10 月 2 日